O CONTRA-ATAQUE DO NÚMERO 2

WBL
We Best Love Series

Certa vez,
você fez com que meus olhos vissem apenas você.
Agora, é minha vez de conquistar o seu mundo.

O CONTRA-ATAQUE DO NÚMERO 2

Uchenhu

Baseado na obra original de Lin Peiyu

new POP NOVELS

Na tradição chinesa, o sobrenome da pessoa vem primeiro que o nome. Por exemplo, em "Lin Peiyu", "Lin" é o nome de família e "Peiyu" seu nome. Esta tradução respeita essa característica cultural e manteve a ordem tradicional.

Índice

Prólogo

— Gao Shide, você está realmente muito ocupado! Não importa se é dia ou noite, você nunca responde às mensagens. Mas é assim mesmo, as pessoas não valorizam aquilo que já conquistaram. Ridículo!

Embora aquelas palavras ainda fossem de reclamação, os cantos de sua boca se curvaram involuntariamente em um sorriso doce. À medida que checava repetidamente a conversa no celular que ainda estava como não visualizada e sem qualquer resposta, ele também deslizava com os dedos a conversa, relendo cada mensagem anterior, cada mensagem que não tinha coragem de apagar.

— Idiota.

Zhou Shuyi olhava para a mensagem indecifrável de uma noite em que a outra pessoa adormeceu enquanto conversava, mas acabou enviando caracteres sem sentido por engano, e sorrindo, xingou.

Então colocou o celular sobre o suporte do piano, puxou a cadeira e sentou-se em frente ao Steinway. Após apertar o botão de gravação, começou a tocar a melodia que havia composto, mas que Gao Shide, sem querer, havia colocado letra, tornando-se a melodia deles. Ao final da música, Zhou Shuyi pegou o seu celular, olhou para a câmera frontal usada para selfies e sorriu para o amado que estava a 12.348 quilômetros de distância, com um fuso horário de treze horas, no Texas.

— Idiota, como você está? Sua voz no áudio que mandou antes parecia bem cansada. Aconteceu alguma coisa aí nos Estados Unidos? Se tiver acontecido, você pode falar comigo. Afinal, eu também sou o jovem prodígio que está se preparado para assumir o controle de uma companhia e posso, pelo menos, dar alguns conselhos; mesmo que realmente não possa ajudar, posso ser seu ouvinte. Então não tente mesmo enfrentar tudo sozinho. Seja o que for, estou aqui para te apoiar.

Ele apertou novamente o botão para parar a gravação e enviou o vídeo na conversa privada com Gao Shide.

***

Onze meses depois, edifício do Grupo Chengyi...

Deixando para trás a ingenuidade dos tempos de estudante, vestindo um terno sob medida, mesmo que ainda nutrisse paixões e ideais, era preciso enfrentar as regras do jogo estabelecidas no ambiente de trabalho. Assim, Zhou Shuyi saiu do prédio do Grupo Chengyi, exausto, olhou para cima, para o edifício imponente e não pôde deixar de soltar um xingamento.

— Velho teimoso.

Para fazer com que seu pai aceitasse o relacionamento entre ele e Gao Shide, e também para se tornar mais forte durante o tempo em que aguardava sozinho o retorno de seu amante – forte a ponto de não ser mais apenas a parte dependente, mas sim se tornar o apoio do outro, permitindo-lhe ter um refúgio onde pudesse recolher suas asas e descansar tranquilamente – Zhou Shuyi precisou tomar a iniciativa de fazer uma entrevista para o Grupo Chengyi na qual obteve sucesso na avaliação e começou a trabalhar a partir do nível mais baixo da empresa. Ele se esforçou muito para aprender e acumular habilidades que seriam reconhecidas pela equipe de gestão no futuro. No entanto, a abordagem arrogante o fez sentir pela primeira vez a frustração de um candidato a emprego. Mesmo apresentando soluções viáveis, estas foram rejeitadas com um simples "vocês jovens não entendem". Mesmo quando uma abordagem poderia ser lucrativa, ela foi drasticamente rejeitada devido à insistência dos superiores em manter métodos antigos, e depois eles culpavam os funcionários por não apresentarem soluções adequadas ao verem os relatórios de perdas.

Pensando no que aconteceu na sala de conferências há pouco, Zhou Shuyi ergueu as mãos com raiva e teve vontade de jogar a pasta preta que carregava consigo na calçada em frente ao prédio. No entanto, após um momento de pausa, ele abaixou o braço levantado, deixando-o cair aos lados do corpo. Ele se virou de lado, fechou os olhos e respirou fundo algumas vezes antes de abri-los novamente.

Depois de entrar na empresa, muitas coisas fizeram com que ele entendesse que emoções e impulsos eram inúteis. No campo de batalha mais acirrado dos negócios, o fator decisivo muitas vezes não é quem tem as fichas na mão, mas quem consegue abandonar o pensamento comum das pessoas normais, eliminar as flutuações emocionais que poderiam perturbar o julgamento e tomar decisões de forma calma e objetiva.

O Zhou Shuyi do passado definitivamente não seria convencido a agir de acordo com os veteranos e acabaria jogando sua maleta para descarregar a raiva. Mas o Zhou Shuyi de agora escolheu permanecer em silêncio temporariamente, usando mais realizações concretas para calar os opositores. Ele não descontava mais sua raiva em objetos, como Gao Shide costumava dizer: quebrar algo significa gastar seu próprio dinheiro para comprar um novo, um prejuízo!

— *Pff*, há, há — riu ao lembrar das palavras de seu amado, a raiva e a insatisfação desapareceram instantaneamente. Ele olhou para a pasta em suas mãos, sorriu e disse: — Realmente, um verdadeiro prejuízo.

Então, tirou o celular do bolso do paletó, abriu o aplicativo de mensagens e fez uma ligação. Após alguns segundos de toque, a ligação foi finalmente atendida pela conta que estava ocupada há algum tempo.

— HELLOW?

— ... — Num susto Zhou Shuyi retirou o celular que estava no seu ouvido para olhá-lo e conferir se não havia ligado para o número errado. Ele não sabia por que a voz de uma jovem mulher havia atendido a ligação.

— HELLOW?

— Eu estou procurando Gao Shide. — Zhou Shuyi mudou para o idioma usado pela outra pessoa e falou educadamente. Do outro lado, ouviu uma voz rouca, como se a pessoa tivesse sido despertada pelo toque do telefone no meio do sono, acompanhada pelo som de roupas e lençóis se roçando enquanto a pessoa se levantava.

— Shide? Você está procurando por ele? Mas ele está muito cansado, acabou de adormecer... Shide, alguém está ligando para você, quer atender?

— Me deixa dormir por mais vinte minutos... Vinte minutos vai ser suficiente... — respondeu Gao Shide, Zhou Shuyi havia finalmente escutado uma voz familiar. Ele queria dizer algumas coisas para o seu namorado pelo celular, mas a mulher que atendeu a ligação acabou falando primeiro.

— Desculpe, mesmo que eu não saiba quem você é, o Shide está muito cansado. Então, ligue para ele amanhã! — falou a mulher e logo em seguida desligou a ligação.

— ... — Zhou Shuyi olhou para a tela do celular que havia voltado para tela inicial, olhou para a foto do Gao Shide que estava de fundo, extremamente confuso.

— Eu não te disse há muito tempo que, uma vez que se consegue algo, não se valoriza mais? Vale a pena se colocar nessa posição humilhante por causa dessa pessoa?

— Se eu acho que vale a pena, é porque vale a pena.

Gao Shide, você está realmente muito ocupado! Não importa se é dia ou noite, você nunca responde às mensagens. Será que, depois de conquistar alguém, você acha que não precisa mais valorizar? Estou avisando, se você não me responder, eu vou passar um mês inteiro... Vou passar uma semana inteira sem te mandar mensagem.

— Estou falando isso porque o papai te ama. Então não fique esperando, ele não merece o seu esforço.

— Você não entende, Shide não é esse tipo de pessoa que você está falando.

Alô! Está tudo bem com você? Por que ainda não viu a mensagem? Aconteceu alguma coisa? Se tiver, me conte. Não tente enfrentar tudo sozinho. Lembre-se, aconteça o que acontecer, estarei sempre ao seu lado, entendeu?

— Vocês são muito jovens, não compreendem o quão frágil é um relacionamento à distância. O pai aqui não está sendo mal com você. Vi tantos casos em que, no

início, estavam cheios de confiança, acreditando firmemente que o amor poderia superar a distância, mas acabaram terminando. Shuyi, tudo o que o pai está dizendo é para o seu bem, não quero que você se machuque de forma alguma. Shuyi...

— Pai, não fala mais nada, eu quero ficar sozinho pra pensar...

Desde o dia em que o telefone foi atendido, as mensagens voltaram ao estado de "lidas", mas raramente eram respondidas. Durante esses dias separados, Zhou Shuyi sentia que algo havia acontecido com Gao Shide. Mas quando este era questionado, permanecia em silêncio, negando-se a falar sobre a situação nos Estados Unidos. Além disso, a desaprovação extrema de seu pai ao descobrir sobre seu relacionamento com Gao Shide minou aos poucos sua confiança inicial, substituindo-a por suspeitas e inseguranças.

Ele não conseguiu resistir e abriu outra janela após enviar o e-mail, digitando "relacionamento à distância" na barra de pesquisa. Então, olhou para os artigos online, que tinham finais felizes ou que terminavam em separação, enquanto mordia seus próprios lábios fortemente.

"Já se passou um ano, por que ainda não voltou? Não disse que voltaria depois de dois meses? Droga! Sinto um pouco sua falta.

Então, eu não vou mais esperar por você, já que está tão ocupado assim, vou voar até aí para te procurar. Ainda que seja a 12.348 quilômetros de distância, não vou deixar que você seja tirado de mim. Digo mais, Gao Shide, você está morto, não importa se você esteja cansado ou não depois que nos encontrarmos, você vai ter que cozinhar algo para mim assim que eu chegar. E na-da de ce-nou-ras!"

* * *

— Você... ainda está ocupado? Tão ocupado a ponto de não responder minhas mensagens? Já se passou uma semana. Está me ignorando de propósito porque li suas mensagens e não respondi? Você pode estar ocupado, mas eu não posso estar tão ocupado a ponto de não ter tempo para você? De qualquer forma, na próxima semana, estou indo ao exterior para ajudar meu pai com algumas coisas. Se você tem coragem, não pense em mim, porque vou desligar o telefone e não responder.

A pessoa sentada na poltrona ao lado da janela hesitou por alguns segundos, depois soltou o polegar que estava pressionando o botão de gravação, deletando a mensagem de voz que já havia sido enviada após soltar o polegar, e colocou o celular no modo avião.

Ao ter usado a desculpa de uma reunião, Zhou Shuyi queria, na verdade, fazer uma surpresa para o seu namorado que estava no Texas. Através da janela oval ao lado do assento da classe executiva, ele assistia às ruas de Taipei se tornarem cada vez menores conforme o avião decolava, com um coração cheio de expectativa e ansiedade, até que, treze horas depois, o avião chegou ao destino final. Assim que pousou, Zhou Shuyi pediu um táxi e foi direto para o endereço que Gao Shide havia lhe dado antes, uma vizinhança muito bem arborizada.

Após descer do táxi, olhando as indicações no Google Maps que mostravam apenas 2 minutos de caminhada restantes, ele levantou a cabeça para o sol radiante, lembrando-se de que o voo ocorreu durante a estação das chuvas, já fazia muito tempo desde que ele não via o sol de Taiwan. Decidiu então arrastar sua bagagem e dar uma volta pela vizinhança, respirando o mesmo ar que Gao Shide, e contemplando as paisagens que ele tinha visto.

À medida que andava, Zhou Shuyi chegou a um parque, onde pais e mães levavam seus filhos para brincar num dia brando. Atraído pelas risadas e brincadeiras, ele não pôde resistir a entrar no parque cheio de alegria infantil, deixando seu corpo e mente se imergir em um estado de relaxamento.

— Gao Shide, depois que eu terminar de descansar, você estará morto — disse Zhou Shuyi sorrindo. Ele curvou os lábios, soltou a mão esquerda que segurava a alça da bagagem e abriu os braços para sentir o prazer do sol caindo sobre seu corpo.

Depois que eles se encontrassem, perguntaria a um certo idiota por que, durante esse tempo, ele frequentemente dizia que não podia atender o telefone. Perguntaria por que, quando finalmente tinha tempo para falar, sua voz soava sempre tão cansada e a conversa terminava após poucas palavras. Além disso... Perguntaria quem era a mulher que atendeu o celular para ele naquela noite.

— Gao Shide, você... deve haver algum motivo, deve ter acontecido alguma coisa, para ser tão indiferente comigo, certo?

Os lábios curvados em um sorriso lentamente se baixaram; os braços abertos gradualmente caíram ao lado do corpo. Na verdade, viajar pessoalmente para os Estados Unidos já era o limite de seu orgulho e autoestima. Gao Shide foi a primeira pessoa por quem Zhou Shuyi se apaixonou sem reservas, por isso ele estava muito assustado, com medo de que o distanciamento e a frieza de mais de um ano fossem por outro motivo... Assim, seus olhos pousaram no gramado à frente, onde um rosto familiar estava sentado na grama verde.

— Gao...

Os passos que ele acabara de dar com entusiasmo foram interrompidos pela cena à sua frente.

— *Te! Oscar wants you, hug him.*[1]

Uma garota loira desconhecida estava segurando com um braço um bebê ao mesmo tempo em que carregava uma cesta de vime no outro. Colocou a criança que ainda não conseguia falar nos

1. Literalmente "Oscar quer você, abrace-o" em inglês.

braços de Gao Shide, que o pegou com muita naturalidade dando um beijo caloroso em sua bochecha.

— *Look! Your favorite!*[2]

A garota loira ajoelhou-se na grama ao lado de Gao Shide, abriu a cesta de vime e tirou uma toalha de piquenique, junto de uma fatia de bolo decorada com creme e frutas, colocada em um prato. Sorrindo, ela entregou o bolo para o rapaz, que não recusou e deu uma mordida no bolo. A garota, de forma muito natural, limpou o creme que ficou no canto da boca dele com os dedos.

— ...

Os três banhados pelo sol pareciam uma bela pintura, tão perfeita que não havia espaço para a presença de uma quarta pessoa. Os passos que originalmente queriam avançar para questionar recuaram silenciosamente...

— *Eu não te disse há muito tempo que, uma vez que se consegue algo, não se valoriza mais? Vale a pena se colocar nessa posição humilhante por causa dessa pessoa?*

— *Estou falando isso porque o papai te ama. Então não fique esperando, ele não merece o seu esforço.*

— *Vocês são muito jovens, não compreendem o quão frágil é um relacionamento à distância. O pai aqui não está sendo mal com você. Vi tantos casos em que, no início, estavam cheios de confiança, acreditando firmemente que o amor poderia superar a distância, mas acabaram terminando. Shuyi, tudo o que o pai está dizendo é para o seu bem, não quero que você se machuque de forma alguma. Shuyi...*

2. Literalmente "Veja! Seu favorito!" em inglês.

As dúvidas que seu pai havia levantado inundaram instantaneamente a mente de Zhou Shuyi. As sementes da inquietação já haviam sido plantadas, silenciosamente germinando no fundo de seu coração, mas ele se recusava a acreditar. Não acreditava que o amor que buscara pela primeira vez, mesmo que isso significasse estar em oposição ao seu pai, se tornaria uma piada dolorosa para ele. No entanto, a visão diante de seus próprios olhos esmagou o último resquício de sua confiança...

"Na ligação, você disse que estava muito cansado, mas na verdade não estava nem um pouco exausto. Aquela cena que vi era exatamente como nos contos de fada em que o príncipe sorria para sua amada princesa, certo? Você disse que estava muito ocupado e que não tinha tempo para responder as mensagens, mas aqui está você fazendo um piquenique calmo no parque com uma garota que nem conheço, com o seu filho em seus braços, hm? Gao Shide, se você acha que esses sentimentos já chegaram ao fim, você pode vir falar diretamente a mim, eu não sou tão fraco assim, tão fraco a ponto de ser impossível de aguentar um término e não conseguir seguir em frente. Será que estar comigo não foi o que você imaginou que seria? Então, na verdade você está com muita vergonha de terminar e por isso achou melhor ficar nos Estados Unidos, recusando-se a voltar? É por isso que, toda vez que atende o telefone, diz apenas algumas palavras e logo desliga?", refletiu Zhou Shuyi.

De repente, sentiu que lutar contra o pai para defender o amor, até mesmo se mudar de casa e viver sozinho, tudo para esperar pelo retorno dessa pessoa, transformava-o em uma espécie de piada triste.

Ele havia se preparado para se tornar mais forte, para não depender mais unicamente dos outros. Tudo estava planejado para o futuro "deles", mas a resposta à sua frente já estava clara: o futuro "deles" que o garoto tentava construir tinha alguém silenciosamente deixando o palco, deixando-o sozinho.

— Gao Shide, você não precisa ficar com medo de achar que eu me apeguei a você, porque nós já nos conhecemos há tantos anos e sei agora que preciso te deixar ir… Te desejo felicidades… — Com a voz embargada, ele enviou seus últimos votos para a pessoa no gramado, virou-se, pegou sua mala e saiu silenciosamente. Deixou para trás um lugar antes cheio de expectativas, mas que agora apenas lhe trazia dor.

No gramado, Gao Shide disse algumas palavras para a garota loira, que assentiu com a cabeça. Ela então pegou o bebê, que já estava adormecido em seus braços, e se virou para seguir em outra direção. Depois que ambos partiram, Gao Shide finalmente pegou o telefone e enviou sua mensagem na sala de bate-papo privada deles.

Shuyi, há algumas coisas que quero lhe contar em particular. Por favor, me dê um pouco mais de tempo.

Antes, eu não disse muitas coisas. Tinha medo de reclamar na sua frente, e de não te ver, tinha medo de querer te manter ao meu lado e não te deixar partir... Eu realmente, Zhou Shuyi... sinto muito a sua falta...

Shuyi, você foi de "lido sem resposta" para "não lido" e, a partir do primeiro e-mail, tudo ficou sem resposta. Eu sei que você deve estar zangado... Tínhamos acordado que seriam só dois meses e eu voltava, mas já está se encaminhando para dois anos e ainda continuo aqui. Será que você pelo menos gostaria de escutar a minha explicação?

Depois de enviar a mensagem, Gao Shide suspirou e deitou-se de costas na grama. Ele ergueu o pulso com a pulseira e observou o fecho magnético de metal brilhar à luz do sol. No bracelete estava escrito "Only Ü"[3] na letra de seu namorado e todos os dias desde que ele havia chegado nos Estados Unidos, conversava com o bracelete, como se o próprio Zhou Shuyi estivesse ao seu lado, escutando tudo silenciosamente.

— Shuyi, não expliquei pelo telefone porque temia reclamar na sua frente. Por favor, me espere um pouco mais. Assim que as coisas em casa se acalmarem, eu vou voltar e explicar pessoalmente para você. Shuyi… sinto sua falta… Sinto muita falta de você… — disse Gao Shide para o bracelete no seu pulso direito enquanto olhava para céu azul.

***

Em Taipei…

— A partir de hoje, não precisaremos mais nos encontrar. Mesmo que nos encontremos, ainda seremos estranhos, sem nada a ver um com o outro — falou Zhou Shuyi chorando ao retirar o bracelete e jogando-o em uma lixeira de inox em seu quarto. Já que a outra pessoa não o valorizava mais, por que ainda se apegar e usar?

Então, ele limpou as lágrimas e foi até a pia para lavar o rosto. Saiu do banheiro, colocou-se em pé em frente ao espelho de corpo inteiro em seu quarto para que colocasse seu terno e gravata.

"Uma vez, você fez os meus olhos se virarem apenas para você. Mas agora… agora é a minha vez de contra-atacar o seu mundo", pensou Zhou Shuyi.

---

3. Forma estilizada de "Only You", "Somente Você" em inglês.

— Gao Shide, eu vou fazer você ver claramente que Zhou Shuyi estará melhor sem você — disse ele enquanto pegava a sua maleta preta, estufava o seu peito e andava em direção ao campo de batalha.

WBL
BOY'S LOVE TV SERIES

Capítulo 1

Eu posso ficar bem sem você, *abruti*

No edifício da Huaqing Tecnologia...

A entrada ostentava uma placa com duas grandes palavras, "Huaqing Tecnologia", e, logo abaixo, estavam escritos, em uma fonte projetada, os princípios de fundação da empresa: "Trabalhe duro hoje, ou irá trabalhar duro para achar um emprego amanhã", "Dê tudo de si com dedicação total". Embora os funcionários estivessem sentados em suas respectivas estações de trabalho no escritório, as notícias que haviam ouvido recentemente os faziam baixar a cabeça e trocar as últimas fofocas pelo aplicativo de mensagens em grupo.

Xiaolu: Haverá demissões após a aquisição da empresa?

Dalin: Ai, se houver demissões, com a economia tão ruim agora, vai ser difícil encontrar trabalho!

Shanzhi: Vamos lá! Alguém poderia ser gentil o suficiente para se demitir voluntariamente, considerem isso uma boa ação, por favor.

Dalin: Tudo bem, então você se demite.

Shanzhi: Ei! Não fale assim, eu tenho uma esposa para sustentar. Por que não você se demite, Yi Mian? Afinal, você é solteiro, então não precisa se preocupar em sustentar uma família.

Yi Mian: Porra! Parem de ficar discutindo e vamos perguntar para o Diretor de Tecnologia! Vamos falar com ele!

Dentro da sala de vidro, o Diretor de Tecnologia da Huaqing Tecnologia, um homem vestido com um terno azul-escuro, estava reclinado com os pés sobre o assento da cadeira. Ele colocou para baixo a caneca verde-escura de chá, pegou o celular que não parava de receber mensagens e levantou a cabeça para olhar os funcionários, que, sem ânimo para trabalhar, o observavam do lado de fora. Ele se levantou na cadeira e falou em voz alta para o grupo de pessoas:

— Aguardem até a reunião. Quem não tiver entregado o relatório de progresso será demitido primeiro.

No segundo seguinte, os funcionários que estavam fofocando rapidamente giraram suas cadeiras e voltaram a atenção para as telas de seus computadores. Somente Dalin, vestindo uma camisa rosa, continuou na mesma posição, olhando para o chefe responsável pelo projeto de pesquisa e desenvolvimento. De repente, Yu Zhenxuan pulou da cadeira onde estava, andou para fora da sua sala em direção a Dalin e ordenou:

— Ao trabalho!

— Assim como você, Diretor de Tecnologia, todos estão preocupados com a possibilidade de perderem seus empregos após a aquisição — explicou Dalin que estava vestindo um traje impecável, olhando seriamente para seu chefe.

— Sim, o CEO acabou de chegar dos Estados Unidos na semana passada, dizendo que iria tratar da reestruturação e das fusões e aquisições em nome da presidência da empresa. Quem sabe quantas pessoas serão demitidas no final? — intrometeu-se Xiaolu, uma mulher de cabelos cacheados e rosto de bebê, enquanto tentava acompanhar a conversa.

— Ninguém vai ser mandado embora — uma voz alta e clara interrompeu a conversa entre os funcionários. Gao Shide, carregando lanches para recompensar os empregados, aproximou-se de Xiaolu e dos outros, dizendo gentilmente: — Durante as negociações do contrato de aquisição, já acordamos com o Grupo Chengyi que iriamos garantir os direitos dos funcionários e não haverá demissões.

Com a garantia do CEO, os funcionários se alegraram, mostrando expressões aliviadas.

— Então, se estão se sentindo aliviados, vamos reabastecer com um pouco de açúcar. Descansem o suficiente antes de continuar o trabalho.

— Obrigada, chefe.

— O chefe é o melhor de todos.

Cada um dos empregados recebeu um doce do CEO, mas em seguida uma movimentação aconteceu na direção da entrada do escritório e uma funcionária que estava perto dali perguntou respeitosamente para os três homens desconhecidos:

— Desculpe incomodar, mas quem seriam vocês?

— Nós somos do Grupo Chengyi.

Um dos três homens tomou a liderança para responder a mulher, a qual assentiu com a cabeça e os guiou para dentro do escritório. Ela então deu alguns passos rápidos até o CEO, que estava sentado na cadeira enquanto conversava com os empregados, e inclinou-se para que pudesse sussurrar algumas palavras. Gao Shide levantou-se, ajeitou a bainha de seu terno e esticou os vincos da roupa, mas assim que virou, enxergou os três rostos familiares, especialmente o que estava no meio que acabou deixando transparecer um olhar de surpresa.

— ... — Zhou Shuyi olhou para a pessoa que estava em pé no escritório e logo parou de andar.

Como sucessor do Grupo Chengyi, ele havia ido para lidar com a aquisição da Huaqing Tecnologia em nome do grupo. No entanto, ele não esperava encontrar justamente aquela pessoa.

Imagens do passado apareciam dentro da mente de Zhou Shuyi, pois uma vez a mãe de Gao Shide dissera que era a encarregada de uma companhia de tecnologia, mas ele não esperava que depois de cinco anos, a empresa adquirida pelo Grupo Chengyi seria justamente essa. No entanto, o olhar atordoado que estava estampado no rosto de Zhou Shuyi foi substituído por um sorriso frio depois de ter se lembrado da cena que havia visto nos Estados Unidos.

— Shu... — soltou Gao Shide enquanto abria um sorriso assim que pronunciou aquela única sílaba, mas logo em seguida foi golpeado por um soco na bochecha esquerda vindo da outra parte – **POW!** –, a força foi tão grande que acabou deixando uma marca vermelha imediatamente na bochecha de Gao Shide.

— O que você fez?!

Quando os funcionários que estavam em pé ali perto viram que alguém havia atacado o CEO, imediatamente expressaram desaprovação. Alguns funcionários homens até avançaram para tentar afastar o agressor.

— ...

Gao Shide olhou para a pessoa que ele não via há muitos anos, com culpa e um grande pesar em seus olhos. Liu Bingwei e Shi Zheyu, que estavam ao lado, não agiram como faziam na universidade, correndo para impedir o impulso de Zhou Shuyi. Em vez disso, eles observaram tudo com indiferença, vestindo ternos sob medida, não apenas representando a maturidade que veio da transformação de meninos para homens, mas também sugerindo que a amizade de antes já não existia.

— Está tudo bem. Agora, todos de volta para os seus respectivos trabalhos — ordenou o CEO enquanto ignorava a queimação na bochecha, levantou a mão para conter o impulso dos funcionários e, em seguida, olhou para o representante do Grupo Chengyi, apontando na direção da sala de reuniões, dizendo: — Vamos para dentro conversar sobre os assuntos de trabalho.

Zhou Shuyi deu alguns passos à frente, mas Shi Zheyu e Liu Bingwei, que o seguiam, foram detidos por Gao Shide levantando a mão, pedindo-lhes com os olhos que dessem espaço para que ficassem sozinhos. Os dois trocaram olhares e, em silêncio, recuaram para o lado, demonstrando através de suas ações a última forma de compreensão para o antigo colega.

— Obrigado — falou Gao Shide com a voz baixa ao ter passado quase tocando os seus ombros nos deles, assim respirou fundo e andou em direção à sala de conferência.

***

— Que merda você pensa que está fazendo? — perguntou Zhou Shuyi.

Dentro da sala de reuniões, o vidro fosco impedia os olhares curiosos do lado de fora. Zhou Shuyi estava lá dentro, olhando friamente para o homem que permanecia de pé na entrada desde que entrou.

— Desculpa — disse Gao Shide. Ele abaixou os olhos para olhar a maçaneta da porta, mas hesitou em levantar a cabeça para encarar a pessoa que se tornara estranha ao longo dos anos.

— Desculpa? Desculpa pelo quê? — exclamou Zhou Shuyi, com um tom sarcástico, ele ironicamente repetiu as desculpas cheias de remorso do outro.

— Desculpa por ter feito você esperar tanto tempo.

— Esperar? Quem diabos estava esperando por você? Não aja como se fosse o último biscoito do pacote — respondeu Zhou Shuyi enquanto rangia os dentes. — Mas eu realmente não esperava encontrar você aqui. Tão rápido, só perdemos contato por **cinco anos** e já nos encontramos novamente. — O tom enfático ao falar "cinco anos" destacava a forte amargura e ódio.

— Shuyi…

— Por favor, refira-se a mim como "vice-presidente Zhou".

Zhou Shuyi fechou os olhos, com os cílios tremendo devido à agitação emocional. Depois de respirar fundo, ele os abriu novamente, endireitou-se e continuou friamente:

— Estou aqui representando o Grupo Chengyi para tratar da aquisição da Huaqing Tecnologia. Por favor, entregue os documentos solicitados anteriormente para que possamos prosseguir com a transição.

— Shuyi, tem um motivo pelo qual não entrei em contato com você, eu… — Gao Shide tentou se explicar franzindo o rosto em sinal de dor. Ele tinha uma razão pela qual eles não poderiam se encontrar, mas ainda não poderia revelar. No entanto, foi interrompido pela mão esquerda do outro batendo em seu ombro direito, que falou com uma presença imponente.

— Não tente fazer amizade comigo, tudo agora será no âmbito dos negócios. Vamos lá, organize os dados de avaliação dos funcionários dos últimos três anos do departamento de Recursos Humanos, para facilitar as demissões.

Depois de dizer isso, os dedos em seus ombros deslizaram deliberadamente pelo peito do homem, cheios de provocação. No entanto, assim que Zhou Shuyi segurou a maçaneta da porta de vidro e a abriu apenas uma fresta, a mão de Gao Shide pressionou com força o vidro fosco, prendendo o vice-presidente do Grupo Chengyi entre a porta e ele próprio.

— Está escrito no contrato de fusão e aquisição que os direitos e interesses dos colaboradores serão protegidos.

— Mas há uma cláusula no contrato que diz: Em vista do desenvolvimento futuro da empresa, ajustes de pessoal podem ser feitos conforme necessário.

Zhou Shuyi sorriu triunfantemente, empurrou o homem que o prendia e, virando-se, abriu a porta de vidro e saiu da sala de reuniões. No escritório, os funcionários preocupados com o futuro da empresa espiavam furtivamente os acontecimentos na sala de reuniões de seus lugares, também observando os outros dois representantes do Grupo Chengyi. Apenas Yu Zhenxuan, que sempre foi não convencional, estava praticando boxe contra o ar de forma incomum, pensando que, se o CEO fosse derrubado pelo vice-presidente Zhou, o próximo alvo com certeza seria ele mesmo, o Diretor de Tecnologia. Brincadeira à parte, quando se tratava de lutar, não perderia para ninguém. Ele não era como o CEO, que levava pancada sem revidar, com certeza contra-atacaria.

— Estão olhando o quê? Não têm nenhum trabalho pra fazer? — Shi Zheyu estava sentado em uma cadeira alta na área de descanso, incomodado com os olhares vindos de todos os lados. Ele virou o rosto e gritou com os funcionários da Huaqing em um tom desagradável.

Então, alguém discretamente puxou a manga de sua camisa por baixo da mesa e sussurrou em voz baixa, aconselhando-o:

— Não desconte a raiva que você tem do Gao Shide nos outros.

— Onde que tô fazendo isso? — Shi Zheyu lançou um olhar furioso para Liu Bingwei e rebateu imediatamente, mas então viu a porta da sala de reuniões ser aberta com força e dois homens, um atrás do outro, ambos responsáveis pela empresa, se aproximando deles.

— Você não pode fazer assim.

Gao Shide alcançou os passos de Zhou Shuyi, segurando sua manga e falando em voz baixa, mas este último apenas sorriu, levantando os cantos da boca e afastando os dedos que agarravam seu terno. Ele então anunciou em voz alta para os funcionários ansiosos:

— Metade! Vou demitir metade dos funcionários — informou Zhou Shuyi. Virando-se para o CEO da Huaqing Tecnologia com um sorriso cheio de confiança, continuou: — Quanto a você, definitivamente será o primeiro. Bingwei, prepare o carro.

— Ah... Entendido.

Depois de pronunciar essas palavras, Zhou Shuyi ignorou as reações dos funcionários ao seu redor e saiu sozinho em direção à porta. Liu Bingwei, por sua vez, pegou sua pasta e o seguiu.

— Zheyu...

Gao Shide olhou para Shi Zheyu com um olhar de súplica e submissão enquanto ele lentamente recuava da cadeira. No entanto, a pessoa que já fora seu amigo na universidade, alguém que uma vez teve por ele sentimentos além da amizade, agora olhava para ele com desdém.

— Eu sou apenas um assistente especial e um colega de classe que não o conhece muito bem. Os assuntos entre você e Zhou Shuyi, por favor, resolvam entre vocês. Não tenho nada a ver com isso.

Dessa forma, ele colocou as mãos dentro dos bolsos de seu terno e saiu do escritório da Huaqing Tecnologia.

***

Na frente do prédio da Huaqing Tecnologia...

— Eu não estava esperando que o Gao Shide fosse ser o CEO da Huaqing Tecnologia. Você... está bem depois de ter encontrado aquele traidor?

Shi Zheyu caminhava ao lado de Zhou Shuyi, observando seu rosto sério enquanto andavam. Apesar de ser um amigo que ele valorizava e com que se preocupava profundamente, as palavras que escapavam de sua boca, fruto de sua natureza sarcástica, soavam como zombaria quando ouvidas de uma perspectiva externa. Ele entendia claramente o que aconteceu cinco anos atrás, então escolheu ficar ao lado de Zhou Shuyi e não conseguia perdoar a traição emocional de Gao Shide. Zhou Shuyi lançou um olhar lateral para ele e respondeu sem rodeios:

— Eu é que deveria estar perguntando isso a você, está bem? — Afinal, havia sido o Sr. Shi que se apaixonou por Gao Shide primeiro, não ele.

— Eu estou tranquilo. Afinal, nunca fui um candidato à promoção, ao contrário de alguém que foi campeão e teve seu título revogado. — Shi Zheyu deu de ombros. Aquilo que aconteceu há séculos para ele era apenas um fragmento de seus dias universitários e não tinha relevância alguma no momento presente, especialmente considerando que ele já tinha alguém mais adequado ao seu lado.

Observando a expressão indiferente de seu amigo, Zhou Shuyi sentiu uma sensação de frustração indescritível. Era como se um gatinho estivesse se esforçando ao máximo para arranhar um elefante, apenas para o elefante virar a cabeça e dizer ao gatinho: "Você está ajudando a me coçar, obrigado".

— Eu estou bem, não poderia estar melhor — afirmou Shuyi. Sua natureza teimosa o fazia não querer que o outro percebesse as ondas de turbulência em seu interior, então falou com uma indiferença fingida.

— Você está tão bem assim? Se estivesse mesmo como você fala, não teria dito na frente de todos que vai cortar metade dos empregados. Zhou Shuyi, não se esqueça de que os velhos da sede da empresa estão de olho no seu desempenho na gestão da Huaqing. Não seja levado pelas emoções para que não afete o reconhecimento dos acionistas, senão nunca vai conseguir assumir o lugar de seu pai.

— Eu sei o que estou fazendo — respondeu Zhou Shuyi aumentando os passos em direção ao carro particular estacionado à beira da avenida, abrindo-o por conta própria.

— Espero que saiba mesmo! — reclamou Shi Zheyu enquanto olhava para as costas de seu amigo indo embora e em seguida soltou um grande suspiro.

***

No último andar da empresa...

Gao Shide subiu as escadas em direção ao terraço no topo do prédio, onde Yu Zhenxuan já estava esperando havia algum tempo.

— Quer um pouco? — Ele ofereceu a bebida ao outro, mas Yu Zhenxuan não a aceitou, indo direto ao ponto com sua pergunta.

— Ele disse que estava demitindo funcionários por sua causa, certo? — O "ele" que saiu da boca do Yu Zhenxuan estava se referindo ao vice-presidente do Grupo Chengyi. O jeito de falar, que começava sem uma introdução adequada e terminava em uma lógica própria, era algo com que Gao Shide teve dificuldade em se adaptar quando assumiu a empresa. No entanto, com o tempo, ele se acostumou com esse estilo de comunicação.

— Eu não vou deixar isso acontecer.

— Vocês têm um conflito? É, têm sim um conflito! — Yu Zhenxuan apontou para o rosto do CEO, circulando ao redor dele enquanto expressava suas observações.

— É um assunto pessoal — disse Gao Shide com um tom demonstrativo de pouco interesse no tópico.

Com um tom claramente relutante em discutir o tema, uma pessoa comum poderia mudar de assunto imediatamente. Infelizmente, Yu Zhenxuan não se encaixava na categoria de "pessoa comum". Ele dizia exatamente o que estava em sua mente.

— Seus assuntos pessoais têm afetado os assuntos da empresa. Não acho que sua mãe fez você voltar para que fizesse o que desse na telha, filhinho da mamãe.

Gao Shide suspirou com um sorriso amargo, estendendo a mão para segurar o ombro do outro, impedindo-o de se mover de um lado para o outro na frente dele.

— Yu Zhenxuan, eu não me importo com o que você pensa de mim, mas sou eu quem está liderando o projeto Alpha, sou eu quem está lidando com a aquisição e, infelizmente para você, a Huaqing Tecnologia é da minha família.

— Ah, então você vai impedi-lo de demitir os funcionários!

— Então, você se importa tanto assim com os direitos dos funcionários?

— Importar? Você chama isso de se importar?

Inclinando a cabeça, tentando entender o significado dessas duas palavras, Yu Zhenxuan percebeu que seu cérebro não tinha nenhuma informação sobre aquilo em seu banco de dados. Então, ele simplesmente desistiu, pegou a bebida entregue que estava nas mãos de Gao Shide e agradeceu educadamente.

— Obrigado. — Depois de dizer isso, ele se virou e caminhou em direção à escada, falando sozinho enquanto caminhava: — Seria ótimo se alguém conseguisse entender aquele vice-presidente orgulhoso. De qualquer forma, se houver demissões, você será o primeiro a ser demitido. Cuide de si mesmo primeiro!

— ... — Gao Shide segurou a bebida, lembrando-se da expressão de Zhou Shuyi momentos atrás...

No passado, Zhou Shuyi nunca se colocaria em uma posição de ser odiado por todos, mas sim, persuadiria racionalmente aqueles do lado oposto com dados e fatos. Ainda assim, não era do feitio dele cortar os funcionários. Além disso, a demissão de metade dos funcionários não condizia com sua personalidade. O que aconteceu nos cinco anos em que estiveram separados para que Zhou Shuyi adotasse uma abordagem tão autoritária e incompreensível em relação aos funcionários da empresa?

Com isso, ele tirou o celular do bolso e discou um número para qual não ligava há cinco anos.

— Alô? — Depois de alguns segundos tocando, a ligação foi finalmente atendida e do outro lado veio uma voz forte e máscula.

— Bingwei, onde Shuyi está morando agora? Eu tenho algo que quero dizer a ele pessoalmente.

Antes de subir para o telhado, ele tentou ligar para o telefone residencial anterior de Zhou Shuyi, mas quem atendeu foi uma mulher desconhecida, que disse que o antigo dono da casa havia se mudado. O número de celular salvo em seus contatos para Shi Zheyu não pôde ser contatado. O único número restante era o de Liu Bingwei, sua única esperança.

— Bingwei? Sou eu, Gao Shide.

Quando se encontraram novamente na empresa, ele percebeu imediatamente que seus antigos colegas de classe, tanto Liu Bingwei quanto Shi Zheyu, estavam deliberadamente mantendo distância dele. Até o olhar deles estava repleto de hostilidade e incompreensão. Do outro lado da linha, houve um longo suspiro e um silêncio que demonstrava que a pessoa não sabia o que responder.

— Embora questões relacionadas aos sentimentos sejam complicadas para os outros comentarem, ainda assim, quero te perguntar algo: o que aconteceu entre você e o Shuyi há cinco anos? Você tem ideia de como ele mudou completamente depois de voltar dos Estados Unidos? Naquela época, o Zheyu e eu estávamos constantemente preocupados com ele, com medo de que fizesse algo impulsivo e se machucasse. Sinceramente, não queria atender seu telefonema. Assuntos relacionados ao trabalho devem ser tratados no ambiente profissional. Considere que nunca fomos amigos e que você não me conhece.

— Bingwei, há algumas coisas que preciso esclarecer pessoalmente com ele. Onde exatamente é a casa do Shuyi?

— Você me ligou apenas para perguntar onde o Shuyi tá morando?

— Por favor — implorou Gao Shide com o tom de voz apelativo, o que fez a pessoa do outro lado da linha suspirar novamente seguido de um longo silêncio.

— *Urgh*. Por que sempre sou eu que me vejo nessa situação difícil? O Zheyu me avisou há muito tempo para não me comunicar contigo. Só posso te dar o número do departamento de Recursos Humanos da Chengyi. Eles podem te dar ou não a informação que você busca, então fica por sua conta.

***

Na Residência Zhou…

Zhou Shuyi voltou para casa exausto, mas assim que pisou no hall de entrada, a porta ainda não fechada foi aberta por outra pessoa que vinha atrás dele.

— Shuyi…

— …

Zhou Shuyi virou-se surpreso, sem esperar ver a última pessoa que gostaria de encontrar de pé atrás dele. Ao tentar fechar a porta, foi fortemente impedido pelo outro.

— Shuyi!

— Como você sabe onde eu moro? Isso é realmente demais! — Essa pessoa não sabia sobre sua mudança, mas ainda assim apareceu na frente de sua porta, então, Zhou Shuyi suspeitou de que alguém pudesse ter revelado o seu endereço para Gao Shide.

— Preciso te falar uma coisa.

— Não tenho nada para conversar com você, exceto assuntos de negócios.

— Apenas me dê dez minutos, dez minutos.

A voz suplicante fez com que o coração de Zhou Shuyi amolecesse, e suas mãos que seguravam a maçaneta da porta soltaram lentamente, permitindo que a outra pessoa entrasse em sua residência. A porta de madeira maciça estava fechando lentamente atrás deles dois, fazendo um som de objeto pesado. A porta de madeira maciça fechou-se lentamente atrás deles, emitindo um som pesado. Ao ver a expressão franzida de Zhou Shuyi e a mão sobre o estômago, Gao Shide imediatamente percebeu que algo não estava certo.

— Você ficou sem comer de novo?

— Não te interessa.

Gao Shide desistiu do que estava planejando falar e logo em seguida começou a tirar o próprio terno, arregaçou as mangas da blusa e olhou para a decoração da casa ao redor, indo finalmente em direção à cozinha.

À medida que avançava, mais surpreso ficava... Pois a casa, desde a decoração até os ornamentos, incluindo até mesmo as pinturas nas paredes, eram todos do estilo que o próprio Gao Shide gostava; algo que já havia contado a Zhou Shuyi que queria construir quando tivesse dinheiro suficiente, um lugar com um aspecto de verdadeiro "lar". Então, quando Zhou Shuyi se mudou, ele ficou morando ali sozinho, não para cortar laços com ele, mas para... esperar por ele?

— O que você vai fazer? *Katte ni hairu na!*[4] Você foi correndo pra cozinha fazer o quê?!

Zhou Shuyi seguiu atrás, não satisfeito por ter seu espaço invadido pela pessoa que mais detestava. No entanto, Gao Shide não respondeu, apenas pendurou o terno em um gancho na parede e abriu a geladeira buscando os ingredientes disponíveis.

— É assim agora? Abrindo a geladeira? O que você quer afinal? Não vai falar nada? Responde!

A pessoa que abriu a geladeira, ao ver as cenouras dentro, ficou momentaneamente distraída...

— Eu só consigo fazer arroz frito, OK? — Gao Shide conteve o sorriso, tirou os ovos e o presunto para fora da geladeira enquanto ignorava a raiva do proprietário. E finalmente Gao Shide, com sua voz suave, respondeu: — Vamos falar novamente quando você estiver se sentindo melhor e de barriga cheia.

---

4. 勝手に入るな!: Significa "Não entre sem permissão!" em japonês.

Zhou Shuyi saiu da cozinha com raiva, jogou as chaves no chão, tirou o paletó e o atirou no encosto do sofá, e então se jogou no sofá de couro preto.

Na cozinha, o intruso inesperado habilmente batia ovos com uma mão, observando o líquido batido escorrer para a frigideira, imerso em lembranças…

— *Coloque um pouco de pimenta.*

Nas lembranças, eles eram estudantes universitários que acabavam de confirmar seus sentimentos um pelo outro, grudados o dia todo sem nunca se cansarem. Zhou Shuyi sempre gostava de ficar na casa dele, pedindo para ele fazer todo tipo de comida deliciosa. Mas sendo alguém com estômago sensível e amante de pimenta, sempre que Gao Shide não estava olhando, Shuyi secretamente jogava pimenta picada na panela. Até mesmo pratos como ovo frito com arroz, que não deveriam ter pimenta, acabavam sofrendo nas mãos venenosas de alguém, deixando Gao Shide irritado e impotente toda vez que isso acontecia.

— *Não, você tem o estômago sensível.*

— *Um pouquinho pode!* — A pessoa atrás dele, com um tom de voz manhoso, brincou enquanto girava entre os dedos uma pimenta *Chao Tian Jiao*[5] muito picante, negociando o seu uso.

— *Não, não pode.*

— *Pode sim!*

— *Olha só, seja bonzinho, vá se sentar ali do lado e espere para comer.*

— *Então você não pode colocar cenoura.*

— *Cenoura faz bem pros olhos.*

---

5. Chao Tian Jiao: Literalmente "pimenta que aponta pro céu", é uma variedade de pimenta chili da espécie *Capsicum annuum*, a mesma do pimentão, pimenta-caiena, páprica e jalapenho. Originária da América Central e introduzida pelos portugueses, a Chao Tian Jiao é uma variedade asiática, caracterizada por ser pequena, vermelho-escura e ter uma ardência média-alta muito semelhante à pimenta-caiena.

— *Eu não gosto.*

— *Quanto anos você tem para ainda ficar com frescura com comida?*

— *Sem pimenta, sem cenoura.*

Gao Shide suspirou e de repente beijou os lábios do outro, aproveitando o momento em que o parceiro não estava prestando atenção para jogar toda a cenoura e cebolinha picadas no arroz frito com ovo.

— *Ah!* — chorou Zhou Shuyi bem alto.

— *A minha mão escorregou.* — Usar de truques sujos para combater a manha era sua única maneira de controlar o outro, e isso inevitavelmente provocava protestos do amante insatisfeito.

— *Então não vou comer.*

— *Não, você vai comer tudo o que eu cozinhar* — discordou Gao Shide. Enquanto falava, ele propositalmente mexia o arroz frito com ovos, misturando as cenouras na frente do outro.

— *Então quando você voltar dos Estados Unidos, vou cozinhar algo para você.*

— *Você sabe cozinhar?*

— *Não importa, de qualquer forma vai ter que comer tudo o que eu cozinhar.*

— *O que você pretende cozinhar?*

— *Eu vou...* — Zhou Shuyi segurou a ponta da pimenta e usou a parte pontiaguda para bater no nariz do outro, dizendo de forma brincalhona: — *Arroz frito sem cenoura.*

— *Então você vai colocar só pimenta?*

— *Ahaha, também fica bom.*

— *Zhou Shuyi, você tá tirando com a minha cara?*

— *Quem sabe não é bom? Se não experimentar, como saberemos?*

As belas lembranças terminam com o borbulhar da sopa... Gao Shide desligou o fogão, olhando para as cenouras sobre a pia e os utensílios dispostos ordenadamente no escorredor. A pessoa que não comia cenouras colocou no refrigerador os ingredientes que Gao Shide insistia que fossem consumidos; alguém que sempre foi muito bem cuidado por empregados escolheu viver sozinho naquele lugar; alguém que nem sabia usar uma esponja de cozinha e não sabia que tinha de torcer o pano para limpar a mesa agora mantinha a casa limpa e organizada. Claramente, Zhou Shuyi havia feito preparações suficientes para que eles pudessem andar juntos em direção a um futuro feliz.

Então, naquele momento, Shide percebeu que não tinha mais o direito de trapacear para fazer Zhou Shuyi comer as cenouras, pois esse direito pertencia ao "namorado" e não a alguém que nem ao menos sabia o endereço da casa do outro, sendo apenas um "estranho".

Por isso, dessa vez, o arroz frito não continha as cenouras que Zhou Shuyi tanto odiava, porque para ele Gao Shide era apenas uma pessoa que mais odiava, um completo estranho. Suspirando, colocou o arroz frito quente e a sopa de milho em tigelas, carregou tudo em uma bandeja até a sala de estar, colocou na mesa de canto e informou para a pessoa sentada no sofá:

— A comida está pronta, mas primeiro vamos tomar a sopa para aquecer o estômago.

O outro, que também se lembrava do passado, trouxe de volta à realidade quem estava perdido em suas memórias e, com um sorriso sarcástico, disse:

— Não tome o trabalho da minha namorada só porque você voltou.

— Namorada? — perguntou Gao Shide que estava parado ao lado da mesa de jantar. Erguendo o queixo, Zhou Shuyi levantou-se e caminhou em sua direção.

— Na verdade, não muito depois de você ir para o exterior, eu comecei a sair com a Li Jiajing. Ah, é, era a garota da faculdade que a Yuxin havia me apresentado.

— Você tá me zoando, né?

— Zoando?! — A pergunta do outro fez Zhou Shuyi sentir mais orgulho em sua fala. Sua boca levantou num sorriso e continuou a falar coisas que pudessem machucar Gao Shide: — Realmente, as garotas são as melhores. Abraçá-las é tão macio e confortável, até mesmo o beijo é… — disse Zhou Shuyi colocando o dedo indicador de sua mão direita nos lábios de Gao Shide e virou o rosto dele em sua direção.

A boca, os beijos e até mesmo todo o resto daquele homem deveriam pertencer a Zhou Shuyi, mas Gao Shide permitiu que outra mulher os tocasse. Então, intencionalmente, o jovem imitou a cena que viu no Texas naquele ano, imitando o gesto da loira limpando os lábios do homem com o dedo, oscilando sobre os lábios que o faziam ansiar, tanto no passado quanto no presente, acariciando-os lentamente, provocativamente. A respiração de Gao Shide começou a ficar descompassada gradualmente assim que era tocado pelos dedos de Zhou Shuyi.

— Shuyi, não me provoque desse jeito. Eu sei que te devo, te fiz esperar por cinco anos.

Após ouvir essa frase, a expressão facial de Zhou Shuyi mudou instantaneamente. Ele recuou os dedos e olhou para a pessoa diante dele com um olhar orgulhoso e sarcástico:

— Cinco anos? De onde você tira essa confiança toda pra pensar que eu esperaria esse tempo todo por você? Meu relacionamento com a Li Jiajing está indo muito bem e até estou planejando apresentá-la ao meu pai. Quem você pensa que é? Não sou tão desgraçado a ponto de desperdiçar cinco anos com um idiota — refutou Zhou Shuyi.

— Sério? — Gao Shide suspirou, deu um passo à frente em direção ao rosto cheio de ódio, estendeu a mão e segurou o pulso de Zhou Shuyi, expondo as mentiras do outro.

— Parece que você não conhece muito bem a sua "namorada", esqueceu que o sobrenome dela é "He", não "Li".

— ...

"MERDA!", exclamou Zhou Shuyi em seus próprios pensamentos.

Será que Gao Shide sabia lê-lo tão facilmente assim? Zhou Shuyi poderia ser tão facilmente controlado por aquele homem? A pessoa que teve sua mentira desmascarada soltou a mão do outro, rangendo os dentes e disse friamente:

— Eu não sinto mais nada por você.

— Então vou atrás de você de novo. — Gao Shide pegou a mão dele novamente e continuou com um tom firme: — Eu não vou desistir, não importa quanta raiva você esteja sentindo de mim, não vou desistir.

— Com raiva de você? Não estou com raiva — negou Zhou Shuyi enquanto levantava as suas sobrancelhas e sorria, dando um soco no lado esquerdo do rosto de Gao Shide e rugindo com todas as suas forças: — Eu sinto ódio! — Assim que terminou de falar, Zhou Shuyi tirou a mão que estava pegando em seu pulso, pegou o terno que estava jogado no sofá e arremessou no rosto de Gao Shide seguido de um aviso cheio de seriedade: — SAIA! Ou vou chamar a polícia e te processar por invasão domiciliar. — Zhou Shuyi subiu as escadas e foi para o segundo andar sem ao menos ter dado ao outro a chance de se explicar.

— ... — Gao Shide olhou para as costas da outra pessoa se afastando, com um olhar melancólico. "Shuyi está furioso!", pensou.

No entanto, era realmente culpa de não ter cuidado dos sentimentos preciosos de Shuyi. Foi ele que escolheu não dizer nada, o que fez a distância entre os dois aumentar cada vez mais...

Gao Shide pegou calmamente o terno que havia caído no chão, dobrou-o cuidadosamente e o colocou no sofá. Em seguida, entrou na cozinha, tirou o casaco cinza-azulado do gancho e, ainda com a pulseira de compromisso no pulso direito, vestiu a "armadura do homem" e saiu da casa de Zhou Shuyi.

Do lado de fora, a chuva caía torrencialmente. Lá dentro, só depois de não ouvir mais nenhum som, Shuyi desceu as escadas e foi até a mesa de jantar no canto da sala de estar. Ao lado da comida já fria, havia um bilhete com as seguintes palavras:

O erro é meu, não da comida.
Coma o máximo que puder e se cuide para continuar me odiando.
Vejo você na empresa amanhã.

Zhou Shuyi puxou a cadeira e sentou na mesa de jantar lembrando de uma conversa que tiveram.

— *Por mais que eu odeie usar e-mail, criei uma conta exclusivamente para você, mas vai depender de quão esperto você é para entender o que isso significa.*

O e-mail "abruti87887278@gmail.com" era exclusivo deles dois. A palavra "Abruti" significava "idiota" em francês, já os números seguintes eram correspondentes a uma linguagem de programação chamada "ASCII": o número 87 correspondia a letra W, 88 a letra X, 72 a letra H e 78 correspondia a letra N, ou seja, "WXHN", que passando para o *pinyin* chinês significava "eu gosto de você". Então, juntando as duas partes a frase ficava "idiota, eu gosto de você".

— ...

Após amassar o bilhete em sua mão, sentou-se à mesa, pegou a colher e os *kuaizis*[6], com lágrimas misturadas ao sabor familiar, e comeu o arroz frito com ovo e sem cenoura, frio, mas familiar, colherada por colherada.

Aquela comida fria se assemelhava aos sentimentos esfriados, não pôde recuperar a temperatura de outrora. Permitindo-se uma última degustação, saboreou suas promessas passadas, saboreou a promessa de que, quando Gao Shide voltasse dos Estados Unidos, ele faria comida para Zhou Shuyi.

A partir do dia seguinte, voltaria aos seus antigos hábitos: pedir comida por delivery, comer sozinho, lavar a louça sozinho e, em seguida, ficar sozinho em uma casa sem Gao Shide, esperando.

* * *

Na Huaqing Tecnologia...

— Os documentos do Departamento de Recursos Humanos e do Departamento de Contabilidade foram enviados. E o Departamento de Desenvolvimento? — perguntou Zhou Shuyi a Yu Zhenxuan, que estava sentado em uma cadeira, abraçando os joelhos e girando uma caneta-tinteiro.

— Os resultados anteriores do departamento de Desenvolvimento e Pesquisa já foram encaminhados.

— O que eu quero não é só o que foi completado no passado, mas também o que está em desenvolvimento...

Olhando para o Diretor de Tecnologia da Huaqing Tecnologia, que parecia só saber beber chá de sua caneca e não se importava com o conteúdo da reunião, ele falou em japonês insatisfeito:

---

6. Kuaizi: Utensílio utilizado na cozinha para manusear os alimentos ao comer. Também conhecido como "hashi" ou "palitinhos".

— Konna koto mo dekinun no ka?[7]

— *Mada owaranai mono wa agemasen. Kore ga boku no yarikatadesu.*[8] — respondeu Yu Zhenxuan em um japonês perfeito, que fez Zhou Shuyi ficar surpreso.

Então Zhou Shuyi olhou diretamente para o outro e disse de forma séria, agora em mandarim:

— Reportar o progresso a qualquer momento permite com que eu entenda o desenvolvimento do progresso do Projeto Alpha, o que é o meu jeito de fazer as coisas.

— Passivo-agressivo…

— Yu Zhenxuan! Como Diretor de Tecnologia, você tem a responsabilidade…

O murmúrio era suficientemente audível para que a pessoa em questão o ouvisse; Zhou Shuyi, irritado, bateu na mesa com a mão, lembrando ao chefe de tecnologia da empresa adquirida a atitude que deveria ter. Uma caneta que originalmente estava ao lado da pasta caiu da mesa por causa da vibração, mas antes de atingir o chão, foi agarrada por Gao Shide, que tentou devolvê-la ao seu dono original. No entanto, a outra pessoa fingiu não ter visto nada e continuou a se concentrar em Yu Zhenxuan, dizendo:

— Como o Diretor de Tecnologia da empresa, você deve fazer as coisas do meu jeito. Se não puder aceitar isso, sinta-se à vontade para apresentar sua demissão a qualquer momento. Bingwei, continue com o relatório.

— …

7. こんなこともできぬんのか?: Significa "Nem isso você consegue fazer?" em japonês.
8. まだ終わらないものはあげません。これが僕のやり方です: Significa "Eu não vou entregar até que esteja finalizado. Esse é o meu jeito de fazer as coisas" em japonês.

Gao Shide silenciosamente colocou a caneta de volta ao seu lugar, olhando para Liu Bingwei, do departamento jurídico, continuando a reunião que foi interrompida.

Durante um intervalo daquela reunião longa e tediosa, Zhou Shuyi, que estava com muita sede, pegou o copo que continha água, mas este já estava vazio. Virou a cabeça para pedir ao Diretor Jurídico, que estava fora da sala de reunião, para pegar água para ele, mas outra pessoa já estava ao seu lado com um copo de água.

— Está quente.

No entanto, sua tentativa de agradar encontrou uma resistência. Zhou Shuyi contornou Gao Shide e foi até o lado de fora da sala, em direção a Liu Bingwei, a quem entregou o copo.

— Bingwei, me ajude a encher o copo.

— Certo.

Liu Bingwei levantou-se e dirigiu-se à copa, enquanto Zhou Shuyi sentou-se no lugar que o outro acabara de deixar, pegando os documentos que estavam sendo organizados pela metade e examinando-os cuidadosamente. Shi Zheyu olhou para os dois que estavam em um impasse, suspirando desamparado. Na sala de reuniões, a pessoa sendo ignorada só pôde deixar o copo d'água de lado e sair do lugar onde não era bem-vinda.

Mesmo que fosse completamente ignorado, mesmo que fosse forçado a engolir seu orgulho, mesmo que a única maneira de recuperar o outro fosse deixar-se ser pisoteado, ele precisava fazê-lo. Somente assim ele poderia abrir novamente o coração que estava trancado e entrar outra vez no mundo de Zhou Shuyi, abraçando a pessoa que ele perseguira a vida toda.

***

À noite...

Liu Bingwei e Shi Zheyu caminhavam ao lado de Zhou Shuyi, preparando-se para deixar o prédio de escritórios onde a Huaqing Tecnologia estava localizada. Shi Zheyu apressou o passo e foi até o lado de seu amigo, abaixando a voz para perguntar:

— O presidente está pressionando pelo progresso do desenvolvimento do projeto Alpha. Você não acha melhor deixar claro para todos que você só está cortando empregados por conta...

— Você acha que eles vão acreditar? Para eles, nós somos apenas intrusos, é melhor não falar do que perder nosso tempo — refutou Zhou Shuyi a proposta de seu Assistente Especial e assim que ele terminou de falar, alguém deu um leve tapa em seu ombro para chamar a sua atenção para as suas costas. Ele achava que Liu Bingwei tinha algo para falar, mas ao virar viu que não era seu amigo, e sim Gao Shide.

— Seu cadarço está desamarrado.

Antes que o outro pudesse reagir, o homem que era o CEO da companhia já havia se abaixado apoiando apenas um dos joelhos no chão e rapidamente amarrou o cadarço solto para Zhou Shuyi. O gesto excessivamente íntimo fez com que os funcionários que testemunharam isso começassem a sussurrar entre si:

— Meu Deus, por acaso o CEO é algum tipo de serviçal? Isso não seria algo que um namorado faria pela namorada?

— É mesmo! Está muito ambíguo!

— Será que o CEO tem um relacionamento escondido com o vice-presidente Zhou? Caso contrário, como uma pessoa normal poderia se ajoelhar e amarrar os cadarços de outra pessoa com tanta naturalidade?

— *Shiu*, fala baixo. Se aquele vice-presidente passivo-agressivo escutar isso, você será o primeiro a ser mandado embora.

Gao Shide parecia não ter ouvido as várias especulações que vinham de todos os lados. Depois de confirmar que os cadarços estavam bem amarrados, ele se levantou, apoiando-se nos joelhos, e sorriu gentilmente, dizendo:

— Pronto.

Logo em seguida, Zhou Shuyi pegou o pulso do homem de cabelo escuro e o arrastou de volta para a sala de reuniões. Vendo o que estava acontecendo diante de seus olhos, Shi Zheyu comentou ironicamente:

— *Pff*, você não aparece quando é necessário, e agora vem aqui tentar agradar. Agora é inútil.

— Será que o Shuyi vai entrar em alguma confusão? — perguntou Liu Bingwei olhando para a direção que os outros dois tinham ido, preocupado.

— Provavelmente não.

— Também espero que não. — O Diretor Jurídico assentiu com a cabeça em acordo, mas seus olhos não puderam deixar de deslizar até os sapatos de outra pessoa, enquanto ele timidamente começava a falar: — Eu... eu também posso amarrar o seu cadarço.

— Infelizmente, os meus sapatos de hoje não têm cadarço — contrapôs Shi Zheyu dando um sorriso maldoso e saiu em direção à porta de entrada.

— Então... então, você pode mudar para um par que tenha cadarço...

Liu Bingwei não foi derrotado pelas palavras frias e o seguiu alegremente. Enquanto isso, percebeu que nunca esqueceria de lutar pelo direito de servir a outra parte.

***

Dentro da sala de reuniões...

Zhou Shuyi puxou Gao Shide para o escritório do CEO, falando com uma expressão séria:

— Você quer me envergonhar na frente de todos os funcionários, né?

— Eu disse que vou te reconquistar e estou me esforçando para isso — respondeu Gao Shide encarando a pessoa que amava. — Desde que possa te reconquistar, estou disposto a fazer qualquer coisa que você pedir.

— ... — O coração de Zhou Shuyi começou a bater forte.

"Disposto a fazer qualquer coisa? Ridículo! Perdeu e agora vem tentar recuperar, Gao Shide, o que você pensa que eu sou? Um brinquedo para ser usado e descartado ao seu bel-prazer? Ou uma protagonista de um drama que não pode viver sem você?", pensou Zhou Shuyi sobre as atitudes de Gao Shide.

Enquanto ele olhava para aquele homem que não via havia cinco anos, sob a luz da sala, notou que o rosto perdera a juventude, mas os olhos brilhavam ainda mais sem a franja para escondê-los. Zhou Shuyi não pôde conter a mão em um punho cerrado pelo desconforto em seu coração.

"PORRA! A influência desse cara em mim ainda é muito forte, mesmo depois de cinco anos...", reclamou consigo mesmo.

— Se você quer que eu aceite, eu aceito.

Como se Zhou Shuyi tivesse tomado uma decisão, andou em direção à entrada da sala com toda a raiva em seu coração e fechou a tranca da porta dupla, depois voltou para a frente de Gao Shide, colocando a mão no seu peito. A cada passo que Zhou Shuyi dava, o outro era forçado a dar um passo para trás, até que as costas de Gao Shide batessem na mesa, onde ambos pararam.

— Você disse que faria qualquer coisa, então... entregue-se a mim.

A proximidade era tal que podiam sentir a respiração um do outro; o som do coração batendo forte, atravessando o peito e a barreira da camisa, transmitido pelos dedos que repousavam sobre o peito do outro. Com um sopro quente, ele se aproximou do pescoço de Gao Shide, atiçando a pessoa por quem era obcecado, audaciosamente deslizando os dedos sob a camisa para sentir a protuberância abaixo do tecido, com um sorriso provocante. Em seguida, Zhou Shuyi olhou para o homem que havia empurrado contra a mesa, tocou seu rosto com a mão quente e com a outra mão jogou os documentos para fora da mesa. Zhou Shuyi então disse com um tom provocativo:

— O que foi? Não tem coragem?

Antes, por amor, ele deixou de lado o orgulho e se entregou ao outro. Agora, até mesmo a última dívida precisava ser cobrada. Depois, tudo seria resolvido, sem dívidas entre eles, sem mais... dor.

— Tenho...

— Quê? — questionou Zhou Shuyi, pois aquela resposta fez com que ele entrasse em pânico.

— Eu disse que... tudo bem — repetiu Gao Shide mostrando um sorriso com amargor, levantou o seu corpo para alcançar os lábios de Zhou Shuyi e complementou: — Apenas para deixar claro para você que estou falando sério... — Colocou os dedos no peitoral do outro, olhou para Zhou Shuyi, que começou a dar passos para trás por conta do pânico, enquanto desabotoava a sua própria camisa. — Você pode fazer o que quiser.

— Gao Shide, você… — Sua respiração havia travado, mas seus olhos estavam presos no que estava debaixo da camisa, fazendo-o perder o controle.

— Shuyi… — Com a ponta dos dedos, ele explorou lentamente o peito da outra pessoa, apertou o botão preto com o polegar, desabotoou-o lentamente e disse: — Eu me entrego a você.

Capítulo 2

A dor de confiar completamente e ser traído

Cinco anos antes...

No bar, Zhou Shuyi bebia sozinho e, olhando para a tela do celular sem nenhuma mensagem, disse com a voz embargada:

— Como já esperava, nem ao menos uma mensagem.

— Ei, olha aquele cara...

— O que você está olhando? — perguntou Zhou Shuyi.

Os olhares curiosos dos clientes da mesa ao lado se voltaram para o homem bêbado. Zhou Shuyi jogou o celular no chão e respondeu com um tom irritado. O barman, vendo que a situação não estava boa, imediatamente saiu de trás do balcão e se aproximou do cliente, perguntando preocupado:

— Senhor, você está bem? Gostaria que eu pedisse um táxi pra você?

O homem bêbado acenou com a mão, abaixou-se para pegar o celular e olhou para a tela quebrada com a foto do casal definida como papel de parede. Ele não ousava encarar, não ousava ir até aquela pessoa e perguntar quem era a garota loira ao seu lado. Tinha medo de que todo o seu esforço resultasse em um fim dolorosíssimo, por isso escolheu partir, deixar o lugar que lhe causava dor e voltar para Taiwan. Isso porque a traição após confiar plenamente era mais dolorosa do que qualquer outra coisa.

— Não peça — disse entre soluços.

Ele tirou a carteira, pegou algumas notas e as prendeu sob um copo de vidro no balcão. Cambaleando, saiu do bar, parou um táxi na beira da rua e voltou para casa, onde só havia solidão e tristeza.

— Gao Shide... eu sinto tanta saudade de você... tanta, tanta saudade...

A pessoa deitada na cama, mais uma vez, adormeceu chorando, retornando através dos sonhos ao tempo mais feliz. De volta ao tempo em que tinha outra pessoa.

***

— Você disse que faria qualquer coisa, então... entregue-se a mim. Não tem coragem?

— Tudo bem. Apenas para deixar claro para você que eu estou falando sério... Você pode fazer o que quiser.

No escritório, dois homens se encaravam intensamente. Seus corações acelerados, a temperatura corporal aumentando e a respiração desordenada permeavam o ar... Gao Shide calmamente desabotoou o primeiro botão da camisa de Zhou Shuyi, voltou seu olhos para os dele e disse:

— Eu te dou qualquer coisa que você quiser.

A reação inesperada deixou a pessoa provocadora momentaneamente desnorteada, enquanto Gao Shide endireitava o corpo, afastando-se da mesa em direção a ele, aproximando-se de seu ouvido com o tom mais familiar e emocional.

— Você precisa de ajuda? — Seus dedos deslizaram atrás da orelha em direção ao pescoço, até a garganta, desatando a gravata e desabotoando o primeiro botão...

— Você é idiota?

O rapaz finalmente recuperou os sentidos, afastando a mão que estava contra o peito, empurrando furiosamente Gao Shide para trás, virando-se em direção à porta, abrindo-a e saindo do escritório do CEO da Huaqing. Decidido a sair de qualquer lugar onde Gao Shide estivesse.

— ... — Shide observou a figura se afastando, a pessoa que já fora sua amante, mas que agora não sorria mais para ele, apenas mostrava um rosto frio e indiferente. Ele fechou os olhos e respirou fundo, mas não conseguiu conter a dor que transbordava em seu peito. Possuía razões que não podia expressar, mas só podia assistir impotente enquanto essas razões, cruelmente, rasgavam os laços íntimos que uma vez já compartilharam.

Arrependimento, um arrependimento profundo. Ele queria recuperar até mesmo um pouco do sentimento que ainda restava no coração da outra pessoa. Mesmo que fosse apenas um fragmento, ele faria o seu melhor para juntar os pedaços e restaurar a imagem completa. Mas... e se não houvesse restado nem mesmo um pouco? O que ele deveria fazer então?

Seu olhar caiu sobre sua mão direita, onde repousava uma pulseira que simbolizava o amor. Mas o pulso da outra pessoa estava vazio, sem nada. Ele não se atreveu a perguntar se aquela pulseira havia sido jogada em algum lugar esquecido, assim como o nome "Gao Shide" fora esquecido nos anos passados, recusando-se a ser lembrado.

***

O banco traseiro do carro particular era espaçoso, com duas fileiras de assentos de couro preto frente a frente, destacando o status distinto do proprietário. Zhou Shuyi estava sentado logo atrás do motorista, com o cotovelo apoiado no descansa-braço da porta, olhando a paisagem pela janela. Shi Zheyu, o qual estava também sentado no banco de trás do carro, não conseguiu resistir em quebrar o silêncio para perguntar sobre o que havia acontecido há pouco.

— Shuyi, como foi a conversa que você teve com Gao Shide no escritório?

— Sim, como foi? — perguntou Liu Bingwei, preocupado, olhando para o seu amigo que não havia dito uma palavra desde que entrou no carro.

— Que tal deixar a transição para mim e Bingwei? Eu tenho medo que se isso continuar, todos na companhia vão saber sobre o seu caso no passado com Gao Shide.

— Quem teve um caso com ele? — O tom provocador fez com que Zhou Shuyi retrucasse de forma maldosa, mas Shi Zheyu deu de ombro e continuou falando.

— Se você já superou, por que está tão chateado? Ou será que ainda tem sentimentos por ele?

— EU NÃO TENHO! Shi Zheyu, desde quando você virou um especialista em sentimentos? Parece que entende tudo sobre mim, é irritante. — Shuyi olhou furiosamente para seu Assistente Especial e depois lançou um olhar de lado para Liu Bingwei, que estava sentado do outro lado, e disse com um tom extremamente ruim: — E você também, não seja intrometido como ele.

— Certo.

A pessoa que ficou sem entender nada apenas confirmou assentindo com a cabeça depois que Zhou Shuyi havia descontado sua raiva nele. Liu Bingwei já estava acostumado com as súbitas explosões de emoções desde a faculdade, mas só porque ele conseguia aguentar não significava que a outra pessoa com quem ele se importava conseguia aguentar também. Então, escutaram o assistente pigarrear friamente e com sarcasmo, falou:

— Liu Bingwei, quantas vezes eu te disse para não ficar se intrometendo na vida dos outros sem motivo? Você trata as pessoas como amigos, mas elas nem sempre apreciam isso. Você tem tanto amor para dar, por que não vai doar dinheiro para ajudar em desastres ou fazer trabalho voluntário, huh? — Shi Zheyu obviamente estava olhando para Liu Bingwei enquanto falava, mas cada letra daquelas palavras eram direcionadas para a outra pessoa que estava no assento de trás. — Além disso, doar dinheiro ainda te dá um recibo fiscal para dedução de impostos. Do jeito que está agora, você só está se dando mal, sem nenhum benefício.

— Eu nunca pensei em receber algo em troca. Profissionalmente, sou o advogado da empresa; pessoalmente, somos amigos do Shuyi — Liu Bingwei se defendeu com um olhar de indignação. Para ele, cuidar dos amigos era apenas uma questão de preocupação genuína, não para colher benefícios.

— Mas mesmo sendo amigo não precisa se importar tanto assim.

— Zheyu, não fale assim. Somos todos bons amigos, afinal... — Bingwei interrompeu seu parceiro com raiva.

— Eu disse para você parar de se intrometer nos negócios de outras pessoas, então deixe isso em paz.

Dessa vez Shi Zheyu estava com muita raiva e Liu Bingwei pôde apenas aceitar a intimidação. No entanto, caso se tratasse de outra pessoa, mesmo que ela fosse o chefe que também era "um amigo de longa data" e o crush passado dele, não era permitido intimidá-lo.

— Mas...

— Desculpa. — Zhou Shuyi suspirando em seguida, interrompendo o embate entre os dois. — É minha culpa, eu não deveria descontar a minha raiva em vocês.

— Tudo bem, afinal, eu costumo ser xingado por ele o tempo todo. — Liu Bingwei balançou a mão em um gesto para que

Zhou Shuyi não levasse aquela discussão a sério, mas Shi Zheyu, que estava ao lado dele, cerrou os olhos e levantou o queixo para propor uma condição.

— Como pode estar tudo bem? Sem dez estrelas Michelin[9], sem perdão.

— Hahaha.

— Tudo bem, sem problemas.

A condição de reconciliação inesperada fez os outros dois rirem involuntariamente, e a atmosfera tensa logo voltou ao normal, como de costume, enquanto discutiam qual restaurante Michelin deveriam escolher para uma refeição extravagante.

***

No escritório da Huaqing Tecnologia...

— A segurança do sistema é a prioridade número um.

— Sim, é a prioridade número um, mas a proteção excessiva atual está tornando o sistema fechado e inacessível, o que é um problema.

— Como poderia ser um problema? Isso já não foi discutido anteriormente? E eu já fiz isso para... Ei, ei... ei? — Shanzhi interrompeu a conversa entre o CEO e o Diretor de Tecnologia, mas antes que pudesse terminar sua frase, o CEO virou-se e saiu.

— *Tsc.*

Shanzhi olhou para as costas do CEO e não pôde deixar de murmurar para si mesmo: "Eu sabia, eu sabia... O CEO já está

9. Uma classificação universal dentro do guia de restaurantes chamado Michelin. As estrelas vão de uma a três e servem para determinar a qualidade de um restaurante.

envolvido com outra pessoa. Como mais alguém explicaria por que ele mal disse algumas palavras e, assim que o vice-presidente Zhou entrou, foi direto até ele?"

— Você veio! Bom dia! — recebeu Gao Shide ao abrir a porta de vidro da sala de conferência sorrindo quando olhou para Zhou Shuyi, que já estava sentado do lado de dentro.

— Nós não existimos, é isso? — reclamou Shi Zheyu, revirando os olhos.

— Bom dia aos dois.

Depois de superficialmente cumprimentar com a cabeça os dois colegas de faculdade, ele continuou olhando para Zhou Shuyi e perguntou:

— Você tomou café da manhã?

— Ainda não, você pode comprar pra mim?

— Sério?

Gao Shide olhou para o sorriso no rosto do outro, surpreso. Nos últimos dias, ele já havia se acostumado com o desdém frio dele. Depois de se encontrarem novamente, essa foi a primeira vez que Zhou Shuyi sorriu para ele, e sua voz estava tão doce como nos velhos tempos quando estavam juntos, fazendo-o se sentir como se tivesse voltado ao passado.

— Claro, por que não?

— Você… você quer comer o quê?

— Você sabe do que eu gosto, então pode decidir.

— Beleza, pode comer mingau, porque vai nutrir o seu estômago.

Gao Shide demonstrou uma expressão de surpresa e ficou com o rosto vermelho de vergonha, como uma criança que havia feito algo de errado e que de repente fora perdoada. Com eficiência ele foi comprar o café da manhã, mas não esqueceu de antes pedir um favor ao seu antigo amigo:

— Bingwei, ele não pode tomar café com o estômago vazio, por isso fica de olho nele por mim.

— Eu sei.

Vendo essa cena, os funcionários ficaram de pé ao longe, cochichando entre si…

— Você ouviu? O CEO está até preocupado se ele tomou café ou não!

— É mesmo! O CEO e aquele vice-presidente devem ter algum tipo de relação.

Dentro da sala de reuniões, Zheyu não aguentou os cochichos vindos de fora e se levantou, indo até o grupo de pessoas com uma expressão séria.

— O que vocês estão olhando? Não têm trabalho para fazer?

Os funcionários repreendidos voltaram às suas mesas, mas seus ouvidos continuavam atentos aos ruídos provenientes da sala de reuniões.

Zheyu voltou para perto de sua cadeira e chamou seu parceiro:

— Bingwei, tô com vontade de beber café, vai lá comprar um pra mim.

— Certo.

Como alguém que já estava acostumado a correr para atender aos desejos do amado, Bingwei se levantou naturalmente e foi até a cafeteria no térreo comprar o americano de avelã que o chefe gostava. Quando ele saiu, Zheyu apontou com o dedo para o terraço lá em cima e disse a Shuyi:

— Venha comigo, eu tenho algo pra perguntar a você.

Então, os dois saíram da sala de reuniões, um atrás do outro, em direção ao terraço do último andar.

— Você viu isso? Você viu? — Assim que os três representantes do Grupo Chengyi deixaram a sala, os funcionários que se dispersaram anteriormente se reuniram novamente.

— O que eu acabei de ver? Será que meus olhos estão falhando?

— O CEO claramente está do lado do Grupo Chengyi — concluiu Shanzhi, com um tom de desânimo.

— Então, nós seremos cortados? Como vou explicar isso para a minha esposa? — Depois de finalmente escapar da vida de solteiro, agora, menos de seis meses depois do casamento, Yi Mian estava arrancando os cabelos de desespero.

— Será que eu vou ser a primeira? Como faço para solicitar o seguro-desemprego? Será que posso solicitar o seguro-desemprego? — A garota mais jovem, com cachos adoráveis, olhou para os colegas mais velhos ao seu redor, perguntando nervosamente.

— Você está sonhando? Não é tão simples assim! Você pensa que é fácil solicitar o seguro-desemprego?

— E agora? O que faremos?

— Quem vai saber o que fazer? Eu sou o Bodhisattva[10] de argila que não consegue se salvar ao cruzar o rio. Amém. Epa, errei, Amitabha.

Os funcionários se entreolharam, mostrando sinais de ansiedade, enquanto, ao longe, Yu Zhenxuan parecia contemplar algo, olhando na direção em que Gao Shide havia saído, perdido em pensamentos.

***

— Você me arrastou aqui para cima só para ver a vista? — perguntou Zhou Shuyi, no terraço, olhando para a pessoa que, apesar de ter algo para dizer, só estava olhando fixamente para o rosto dele.

---

10. Bodhisattva: Deidade budista, qualquer um que trilhou o caminho de Buda e alcançou a iluminação.

Shi Zheyu franziu as sobrancelhas, hesitou por um momento e finalmente colocou para fora aquilo que estava se perguntando:

— Você tem distúrbio dissociativo de identidade ou esquizofrenia? Não me diga que, após uma noite de reflexão, você decidiu se reconciliar com Gao Shide. — Baseado nos conhecimentos que tinha de seu amigo, ele sabia que o sorriso de agora há pouco era falso. "Zhou Shuyi, o que você está realmente tentando fazer?", perguntou Shi Zheyu a si mesmo.

— Você é apenas o meu assistente, não se preocupe com isso — disse Zhou Shuyi quando desviou o olhar de seu amigo e focou no parapeito que estava logo ao seu lado.

— Eu também não quero me preocupar, mas se você continuar misturando o pessoal com o profissional, se algo der errado durante a transição, quem vai ser responsabilizado será Bingwei e eu. E, na hora de ser demitido, seremos nós.

— Se acontecer algo, eu me responsabilizo.

— Responsabilizar-se pelo quê? Talvez até você seja cortado. Me diga, o que você realmente quer fazer?

— ... — A pessoa que estava sendo questionada apenas mordeu o lábio inferior e continuou sem falar uma palavra.

— Você não vai falar? Tudo bem, então vou lá e digo ao Gao Shide que você quer voltar com ele — ameaçou Shi Zheyu. Virando-se, mal deu dois passos quando ouviu o amigo gritar por trás.

— Eu quero largar o Gao Shide quando achar que nós dois voltamos, pra ele saber a dor de ser traído.

Shi Zheyu parou, suspirou profundamente e, virando-se, olhou para a pessoa com os olhos cheios de dor.

— É realmente necessário ir tão longe?

Vingança e manipulação não deveriam existir entre pessoas que já se amaram. Deixar para trás não é perdoar a outra pessoa, mas sim seguir em frente com elegância e viver uma vida ainda mais esplêndida. No entanto, a pessoa presa na sua obstinação apenas apertou os lábios, controlando as emoções despertadas, e explicou:

— Desde pequeno eu sabia que as pessoas ao meu redor só eram boas comigo por causa do meu pai. Para eles, Zhou Shuyi não significava nada; o que realmente importava era o futuro sucessor do Grupo Chengyi.

— Bingwei e eu não somos assim.

— Eu sei — disse Zhou Shuyi assentindo levemente com a cabeça enquanto olhavam para a pessoa que o havia refutado, mas mesmo assim continuou falando: — Para mim, é fácil fingir proximidade com as pessoas, mas confiar plenamente em alguém é difícil. Gao Shide foi o primeiro. Mas ele pisou na minha confiança. Se fosse você, perdoaria?

— Perdoar? — Shi Zheyu levantou o canto da boca, mostrando a covinha em sua bochecha esquerda. Ele então levantou a sua mão esquerda e foi abaixando dedo por dedo, logo ao mesmo tempo em que voltava seu olhar para o cinto de Zhou Shuyi e continuou zombando: — Não! Eu o enforcaria não só pela cabeça de cima como a de baixo também.

Zhou Shuyi sorriu amargamente, sabendo que o amigo estava apenas tentando animá-lo de alguma forma, mas não percebeu que atrás das plantas havia outra pessoa ouvindo toda a conversa...

Depois de descer do terraço e esperar em vão pelo seu café da manhã, ele atravessou os olhares curiosos dos funcionários em direção ao escritório do CEO. Ao abrir a porta daquele escritório, Zhou Shuyi viu que Gao Shide já estava sentado na cadeira, entrou naturalmente e perguntou:

— Onde tá o meu café da manhã? Você comprou?

— Na mesa. — O funcionário, concentrado em seu trabalho e olhando para a tela do computador, levantou a mão e apontou para a mesinha de centro em frente ao sofá.

— Obrigado.

Zhou Shuyi foi até a mesa com um sorriso em seu rosto, sentou-se no sofá e abriu a tampa de plástico que cobria o pote de papel-cartão. Em seguida pegou com a colher o ovo juntamente a um pouco do mingau quente de carne e colocou em sua boca para apreciar. Por conta do medo de se queimar, ele comeu o mingau aos poucos, como um gato, esperando até que a temperatura baixasse antes de engolir.

— Shuyi...

Gao Shide levantou o rosto, desviando o olhar da tela do computador onde estava trabalhando para a outra pessoa sentada no sofá... As palavras que ele ouviu no telhado pouco antes vieram à mente instantaneamente:

— Não me diga que, após uma noite de reflexão, você decidiu se reconciliar com Gao Shide.

Ele realmente acreditou, acreditou no sorriso radiante, acreditou na gentileza que não diferia em nada do passado, acreditou que Zhou Shuyi havia realmente entregado amor e confiança a ele novamente.

— O que foi? — Ao perceber que o outro parou de falar depois de chamá-lo pelo nome, a pessoa segurando o café da manhã ainda quente olhou para Gao Shide, que estava sentado atrás da mesa.

— Está gostoso? — perguntou Gao Shide enquanto franzia as sobrancelhas e seu sorriso estava repleto de dor. Ele pensou em explicar os motivos de sua ausência de cinco anos, mas as palavras explicativas ficaram entaladas na garganta, engolidas pelo orgulho.

— Você quem comprou, claro que está delicioso.

A entonação mimada fez Gao Shide se perder por um momento, como se voltasse ao ano de seu último ano na faculdade, quando haviam acabado de confirmar seus sentimentos um pelo outro. Entretanto, tudo era uma ilusão e não importava o quão real e doce aquelas memórias fossem, o sorriso de Zhou Shuyi era extremamente falso naquele momento.

— Eu quero largar o Gao Shide quando achar que nós dois voltamos, pra ele saber a dor de ser traído.

A pessoa que não era boa em mentir estava usando suas habilidades de atuação mais requintadas para fazer Gao Shide reviver os momentos felizes do passado. Se ele não tivesse ouvido a conversa no terraço, pensaria que Zhou Shuyi já o havia perdoado e que talvez ainda tivesse uma chance de juntar os pedaços do relacionamento. Infelizmente, a beleza diante de seus olhos era apenas uma isca em uma armadilha, atraindo-o passo a passo até cair na dor. E a causa de tudo isso era algo que ele próprio havia criado.

— Que bom que está gostoso.

A voz retornou ao tom suave, e o olhar voltou para a tela do computador, parecendo o mesmo Gao Shide de sempre. No entanto, os dedos que batiam nas teclas brancas perderam seu ritmo original. Os comandos errados no programa poderiam ser corrigidos com a tecla BACKSPACE, mas o arquivo do amor, completamente destruído, poderia ser restaurado apenas apertando a tecla DELETE, retornando ao estado original de fábrica?

***

Em um bar...

O estabelecimento localizado às margens do rio foi cercado pelas risadas dos clientes. Depois de delegar o trabalho aos outros funcionários como o proprietário, Pei Shouyi foi sozinho para a área externa de refeições, acendeu um cigarro e sentou-se ao lado de um homem vestido com um terno azul.

— Você o convida para jantar todos os dias, para sair, cumpriria seus pedidos pra ir pra casa, e ele nunca recusa. Ele está apenas tentando fazer você se envolver cada vez mais, para então te atingir com um golpe fatal no momento mais feliz, tirando sua vida com um único golpe.

— Obrigado.

Gao Shide revirou os olhos para o primo, pensando que ele realmente era um paciente com distúrbio emocional. Quando via alguém chorar, não só não oferecia um lenço como também desferia um golpe adicional, simplesmente porque sentia que o outro não parecia estar sofrendo o suficiente.

— Não espere que, com o tempo, as coisas possam voltar a ser como eram antes de verdade. Depois de cinco anos sem comunicação, o único caminho é fazê-lo entender que não é por não querer ele, mas porque prometeu a alguém que não poderia procurá-lo.

— Não! — Gao Shide bebeu um gole da bebida. O uísque que queimou sua garganta, sacudiu a cabeça. — Eu devo seguir o acordo.

— Se você não seguir esse acordo, tanto faz. Você nunca poderia atender às exigências daquela pessoa de qualquer forma. Desde o início, ele sabia que você não seria capaz, por isso que colocou essa condição.

— Quem disse que eu não consigo? Consigo sim! É... claro que eu consigo... — A voz dele começou a ficar mais baixa à medida que ia falando, tão baixa que ele não tinha mais confiança em si para continuar se vangloriando.

Pei Shouyi estendeu a mão e agarrou o pescoço de Gao Shide, batendo suas testas com força.

— Ai!

— Garotinho, você deve realmente ter algum problema. Porque ele já falou que te odeia e o ódio é o estágio final, sem ter a possibilidade de ser reparado.

Gao Shide tirou a mão de seu primo e balançou a cabeça em negação para a explicação de Pei Shouyi.

— O que é ódio? Ódio significa que ainda existe amor!

O oposto do amor não era o ódio, mas a indiferença. Portanto, enquanto Zhou Shuyi ainda o odiasse, ele ainda tinha esperança. Esperança essa de trazer o passado de volta. Pei Shouyi suspirou olhando para a pessoa que estava tão bêbada que suas orelhas estavam vermelhas.

— Sempre que te vejo preocupado com assuntos amorosos, agradeço por ter um transtorno emocional e não precisar me preocupar com essas coisas chatas.

Parece que ser excluído pelos altos muros emocionais também não era necessariamente uma coisa ruim. Pelo menos, não sentia dor e não precisava perseguir dolorosamente sentimentos irreversíveis, torturando-se daquela maneira.

BOOM! – No próximo segundo, o bêbado vacilou e caiu de cabeça na mesa. Pei Shouyi sacudiu a cabeça e estava prestes a carregar o sujeito inconsciente de volta para casa, quando o primo de repente endireitou a coluna, levantou a cabeça e perguntou:

— Onde é que tem um bom lanche noturno por aqui? — Sem esperar pela resposta do primo, ele tomou o último gole de sua bebida, colocou o copo vazio na mesa, levantou-se e saiu, arrastando os passos tortos.

* * *

A residência tinha uma decoração de estilo industrial que transformava a robustez do concreto em uma estrutura delicada. As texturas resultantes do processo de aplicação tornam-se características únicas, sem necessidade de pintura ou revestimento de azulejos nas paredes. Em vez disso, elas exibiam os tons e texturas mais originais do concreto, permitindo que quem entrasse no espaço fosse impactado pela sensação sóbria, serena, refinada e delicada que ele transmitia.

— Vocês são muito lentos. Já se passaram vários dias e o contrato ainda não está finalizado. Eu quero ver os documentos de cooperação da Wei Cheng Industrial hoje. Vou voltar para a empresa agora, você venha imediatamente.

— Agora? Mas é fim de semana! — protestou o Diretor Jurídico pelo celular enquanto Zhou Shuyi descia as escadas com sua maleta enquanto segurava o seu celular.

— E daí que é fim de semana? Você não pode fazer hora extra? Sabe que eu posso te pagar por essas horas.

— E o meu encontro?

— Peça ao Zheyu para vir, vou discutir com ele sobre a reunião da próxima semana. Vejo vocês na empresa em trinta minutos.

— Certo... Ei! Não me olhe assim, é o nosso chefe que quer que a gente vá para a companhia e faça hora extra. Então vai se arrumar rápido, eu dirijo.

Do outro lado da ligação, Liu Bingwei estava ocupado acalmando o Assistente Especial que fora convocado pelo chefe. Zhou Shuyi ignorou o casal bobo e desligou o telefone, guardando-o de volta no bolso do seu paletó. Sem esperar, ao abrir a porta, ele viu um homem alto sentado na frente da sua residência.

— O que você tá fazendo aqui?

— Oi!

Gao Shide olhou para o dono da residência que estava saindo com sua maleta. Então levantou a mão acenando para Zhou Shuyi, mas acabou sendo completamente ignorado e a pessoa apenas saiu andando, entretanto Gao Shide foi rápido o suficiente para alcançar a calça de Zhou Shuyi, impedindo-o de prosseguir.

— Eu comprei um lanche noturno.

Com um tom conciliador e um sorriso forçado, ele não ousava esperar ser perdoado por apenas uma refeição noturna, mas pelo menos não queria que a pessoa sofresse de dor de estômago por ter esquecido de comer.

— Você está bêbado? Sai fora! Não tenho tempo para você!

Ele soltou os dedos que seguravam sua calça e estava prestes a virar quando o homem bêbado o abraçou por trás, segurando firmemente seu pescoço e o puxando com força para dentro da casa. A força do homem embriagado era maior do que ele imaginava, então foi arrastado sem poder se libertar.

— Gao Shide!

Sentindo-se irritado pela situação forçada e pelo cheiro de álcool que invadia suas narinas, ele se enfureceu. Finalmente conseguindo se soltar, viu o homem, que mal conseguia se manter em pé, segurando um saco plástico com lanches noturnos, escorregando para sentar no chão do corredor ao lado da porta, chorando convulsivamente. Zhou Shuyi nunca tinha visto Gao Shide tão fora de controle. Ele resistiu ao impulso de ir ajudar, mas no fim não conseguiu endurecer o coração. Tirou as chaves do bolso e as jogou no chão, dizendo suavemente:

— Você precisa descansar primeiro, eu estou indo fazer hora extra.

Mas ao virar-se, foi agarrado pelo pulso pela pessoa que de repente se levantou e foi puxado para a sala de estar.

— Gao Shide! O que você está fazendo?

Antes que pudesse reagir, foi derrubado no sofá preto de couro por aquele que exalava álcool por todo o corpo, incapaz de conter as lágrimas que caíam quentes e pesadas sobre seu peito, deixando-o completamente imóvel.

— Desculpa… Eu não deveria ter ido pros Estado Unidos… Desculpa…

Gao Shide apoiou a mão ao lado de Zhou Shuyi, com o rosto abaixado de forma que não era possível ver sua expressão claramente. No entanto, a dor que transparecia em sua voz já revelava todo o seu arrependimento.

— Shuyi… Vamos refazer as coisas do zero, o que você acha? Vamos começar de novo, vamos?

— O que aconteceu quando você estava nos Estados Unidos?

Zhou Shuyi franziu as sobrancelhas, pois a pessoa que estava chorando nunca havia tocado em bebidas alcoólicas, mas agora estava bêbada na porta de sua casa e ao mesmo tempo que nunca havia dito "não" para ele, estava ali naquele local prevenindo-o de ir embora. Tudo aquilo mostrava que havia algo errado.

— *Sssh*! — A ponta dos dedos pressionou suavemente os lábios da outra pessoa, inclinando-se para beijar o lado sensível do pescoço, sentindo a temperatura de anos de estranheza sob a influência do álcool.

— …

Zhou Shuyi estava deitado no sofá, olhando para o lustre no teto. Seu cérebro estava cheio de ódio, mas seu corpo ainda ansiava pelo toque. O calor dos corpos subiu gradualmente e os corações oscilaram silenciosamente. Incapaz de resistir, ele abriu a mão que estava cerrada em um punho, querendo acariciar o rosto cheio de dor. Ele estava disposto, disposto a ouvir o porquê. Mas essa rendição o deixava irritado. Por que ele que armou a armadilha era o primeiro a sucumbir a ela?

— Gao Shide, você tá zoando com a minha cara?

— É você quem tá zoando com a minha.

Depois daquele fogo em seus corpos diminuir, Gao Shide olhou para a pessoa que estava embaixo dele, para a pessoa que ele amou por toda a vida. As lágrimas continuavam a escorrer pelos lados de seu nariz.

— Eu quero largar o Gao Shide quando achar que nós dois voltamos, pra ele saber a dor de ser traído.

As palavras ditas no terraço eram afiadas como facas, cravando-se em seu coração. Ele quase acreditou, acreditou que essa pessoa estava disposta a lhe dar uma segunda chance. Mas, no final, era um veneno disfarçado de doce. Mesmo assim, ele comeu o doce, só para desfrutar de um pouco de doçura antes que a dor o torturasse.

Agora, o efeito do álcool já estava diminuindo, permitindo-o levantar e andar até a cadeira reclinável ao lado. Ele sentou-se, reclinou aquela cadeira e começou a fazer massagem nas têmporas para acalmar as emoções, então disse:

— Você não sabe de nada mesmo, né? Isso é ótimo… Você é uma pessoa feliz e bem protegida.

— Quando o efeito do álcool passar, vá embora. Eu ainda tenho coisas para resolver na empresa.

“De fato, tentar se comunicar com um bêbado é uma tolice, as palavras saem sem lógica”, pensou Shuyi consigo mesmo. Ele virou-se e sentou, pegou a pasta que havia caído no chão, alisou o terno que estava amassado, franziu a testa e levantou-se, mas foi puxado de volta por alguém que novamente se levantou, segurando-o pelos ombros e fazendo-o sentar na poltrona reclinável. Gao Shide sorriu de lado, olhando para aquele rosto frio, e com a mão direita sobre o ombro, acariciou gentilmente o lóbulo da orelha dele, sabendo exatamente onde tocar para despertar seu desejo. Então, deslizou a mão por dentro do terno, acariciando suavemente o ponto fraco no peito através da camiseta. No entanto, Zhou Shuyi apenas olhava para a parede de concreto cinza, como se o corpo sendo provocado não fosse dele.

— Não está sentindo nada? — Gao Shide deu um sorriso amargo, deitando-o na espreguiçadeira macia, segurando seus pulsos que tentavam resistir, beijando o lado do pescoço onde o pulso batia, e depois movendo-se para cobrir seus lábios.

— Gao Shide... o que você está tentando fazer afinal? — O som quebrado se perdeu no beijo invasivo. As orelhas de Zhou Shuyi estavam quentes, e seu corpo era mais honesto que seu coração, rapidamente sucumbindo ao toque e respiração familiar. Sem perceber, ele estendeu a mão, envolvendo-a no pescoço do homem, retribuindo o beijo daquela pessoa que ele amava profundamente.

Era como voltar ao passado, despindo-se completamente e pressionando suas peles nuas contra o corpo ardente um do outro. Como se não houvesse separação, mal-entendidos ou dor entre eles, tal como nos tempos de estudantes, através de beijos e abraços, aquecendo ainda mais seus corpos, e finalmente cedendo ao desejo, inclinando o pescoço para receber o outro.

Até que tudo se acalmou, e eles abraçaram o corpo um do outro, adormecendo profundamente sob a influência do álcool e do cansaço...

* * *

Na manhã seguinte...

Gao Shide acordou no sofá, apertando a testa dolorida e olhando ao redor da casa de onde o dono o expulsara furiosamente da última vez.

— Aaaaaaaaaah...

A dor de cabeça da ressaca atormentava sua mente confusa. Ao puxar o cobertor azul que o cobria, viu seu peito cheio de chupões e a parte inferior do corpo nua, mas não conseguia se lembrar do que havia acontecido na noite anterior. Será que ele vomitou? Ou...

— Tem alguns itens de higiene para **convidados** dentro do banheiro, e assim que tomar seu banho, você pode ir embora.

Quando ele ainda estava tentando recuperar sua memória, a voz familiar veio das escadas e aquela palavra que fora dita com maior ênfase estava satirizando o seu status dentro daquela casa como mero "convidado", além da clara ordem de despejo vinda do dono. Zhou Shuyi, vestindo um suéter preto, com as mãos nos bolsos das calças e usando chinelos, caminhou em sua direção. Seus passos eram um tanto cautelosos, não as passadas largas de costume, mas passos cuidadosos. Gao Shide apontou para ele e depois para si mesmo, engolindo em seco enquanto perguntava:

— Eu... nós, ontem à noite... não devemos ter...

— Você não se lembra o que aconteceu ontem à noite?

Os belos olhos de Zhou Shuyi o encararam com raiva. Justo quando a atmosfera constrangedora começava a se espalhar rapidamente entre os dois, uma voz alegre veio da porta aberta.

— Shuyi, *papa ga kaettekita yo~*[11]

— *Tousan!*[12]

O pai de Zhou Shuyi carregava dois sacos de presentes e estava prestes a correr para abraçar seu precioso filho quando viu alguém sentado nu na sala com chupões por todo o corpo. Era óbvio que ele tinha acabado de "fazer" alguma coisa. Mas assim que entendeu toda aquela cena, deixou as bolsas com os presentes caírem no chão.

— Gao, Shi, de! O que você está fazendo aqui? Como você ousa quebrar o acordo que fizemos? O que você fez com o meu filho? — Esquecendo completamente de que seu filho estava em pé logo ao seu lado, acabou urrando com toda a sua raiva para o "estranho" que teoricamente nunca havia o visto antes.

— *Shiri nan no?*[13] — Zhou Shuyi olhou para os dois, que aparentemente não se conheciam, mas claramente tinham alguma relação, e perguntou com os olhos semicerrados.

— Hm? — Ao ouvir a pergunta do filho, o pai de Zhou imediatamente exibiu um sorriso forçado e sacudiu a cabeça vigorosamente tentando disfarçar: — *Shiranai. Shiranai.*[14]

A atitude estranha do pai, o fato de os dois evitarem contato visual e a frase que Gao Shide disse sem querer na noite passada…

---

11. パパが帰ってきたよ〜: Significa "Papai chegou" em japonês, o til ao final indica um tom alegre.

12. とうさん!: Significa "Pai!" em japonês informal.

13. 知りなんの: Significa "Você o conhece?" em japonês.

14. 知らない。知らない: Significa "Não conheço, não conheço" em japonês.

— *Você não sabe de nada mesmo, né? Isso é ótimo… Você é uma pessoa feliz e bem protegida.*

— De que "acordo" ele tá falando? — perguntou Zhou Shuyi olhando para Gao Shide, numa tentativa de pressioná-lo.

— … — Gao Shide olhou para Zhou Shuyi com culpa em seus olhos.

— … — O pai de Zhou desviou o olhar nervosamente, sem ousar encarar os olhos do filho.

Capítulo 3

Esforços hipócritas são todos em vão

No segundo ano após sua partida...

Gao Shide saiu do aeroporto puxando sua mala e ligou para uma certa pessoa.

— Alô? Você finalmente atendeu o celular, deixa eu te contar…

No entanto, uma voz grave e desconhecida respondeu do outro lado da linha, passando um endereço estranho e marcando um encontro em uma galeria que abrigava uma coleção particular.

Gao Shide, visivelmente nervoso, sentou-se em uma cadeira, do outro lado da mesa, diante de um homem de meia-idade que se apresentou como o pai de Zhou Shuyi. Com uma expressão séria, o homem mais velho olhou para o jovem à sua frente e disse:

— Shuyi já decidiu que vai terminar com você, então não o procure mais.

— Isso não é possível, Shuyi não diria isso. Deve haver algum mal-entendido, eu preciso falar com ele pessoalmente para esclarecer as coisas.

No entanto, a pessoa do outro lado tirou um celular com a tela quebrada do bolso do casaco e continuou:

— Se ele não tivesse decidido terminar, teria me entregado este celular? Jovem, quando é hora de deixar ir, você deve deixar ir. Vá encontrar uma garota para ter um relacionamento normal e não venha perturbar a vida do meu filho.

— Tio, você pode não aprovar o nosso relacionamento, mas não tem qualificação nem o direito de julgar se os sentimentos das outras pessoas são normais ou não. Se gosta de alguém, você apenas gosta dela e não liga para qual é o gênero dessa pessoa. Eu amo o Shuyi. Desde o dia em que confirmamos nossos sentimentos, o que eu quero é um relacionamento para a vida toda, não um jogo de amor casual. Então, a menos que ele me diga pessoalmente que quer terminar, eu nunca desistirei. — Enquanto Gao Shide falava, o pai de Zhou Shuyi franzia as sobrancelhas e olhava para o garoto que estava do outro lado, que possuía um olhar gentil, mas com grande atitude, o que o fez suspirar.

— Gao Shide, Shuyi está destinado a assumir meus negócios no futuro. Se ele estiver com você, como lidaremos com os parentes que são acionistas? Como os gerenciaremos?

Mesmo com a legalização do casamento entre pessoas do mesmo sexo, ainda havia uma proporção maior de pessoas que mantinha atitudes discriminatórias e repressoras em relação aos sentimentos entre pessoas do mesmo gênero. Como pai que amava seu filho, não queria vê-lo sendo alvo de fofocas, críticas ou até ataques por causa daquele relacionamento.

— O que disse sobre toda uma vida é muito superficial — retomou o homem ao se levantar, andou para ficar do lado de Gao Shide e deu leves tapas em seu ombro, apontando para uma valiosa obra de arte na parede antes de continuar: — Já fui jovem e ambicioso também, construí tudo o que tenho hoje do zero, achava que podia realizar qualquer coisa que me propusessem. Mas, criança, a vida não é tão simples como você acha que é. As pessoas não se importam com o quanto vocês se amam; elas veem apenas os relacionamentos que não são aceitos pela maioria. Além disso, você e o Shuyi são pessoas de mundos diferentes, como a coleção que está aqui, não importa qual seja a pintura, você não pode arcar com os custos. Caso você deixe o Shuyi em paz, meu filho irá seguir a vida que eu trilhei para ele e finalmente se tornar o sucessor do Grupo Chengyi. Mas caso você não queira, apenas o ato de rotular ele como "homossexual" pela mídia seria o suficiente para obliterar todos os seus esforços. As pessoas não verão mais o quão talentoso ele é, apenas um relacionamento confuso com outro homem.

— O que eu devo fazer para conseguir sua aprovação? — levantou Gao Shide e olhou diretamente para o outro homem mais velho.

Vendo que suas palavras anteriores não foram suficientes para dissuadir o jovem diante dele, mudou de tática e respondeu:

— Cinco anos! Eu te dou cinco anos. Se você conseguir construir uma carreira que eu aprove durante esse tempo, não me intrometerei mais nos seus assuntos. Mas… — O pai de Zhou Shuyi levantou o dedo indicador e adicionou uma condição: — Se Shuyi arrumar uma namorada ou deixar você durante esse período, você terá que desistir dele sem condições, e não pode deixar que mais ninguém saiba do nosso acordo. Você consegue fazer isso?

Gao Shide deu um sorriso irônico para menosprezar o que parecia ser uma proposta justa, mas que na verdade não tinha chance de ganhar.

— Tio, você está cavando um buraco para eu pular. A aprovação é uma emoção subjetiva; se disser que não aprova, nunca poderei cumprir esse acordo.

— Você não tem condições para negociar comigo — desprezou com um sorriso frio o homem de meia-idade, sem negar nada.

— Então só posso concordar, porque você é o pai dele. Sem a sua aprovação, Shuyi não será feliz. Eu vou cumprir o seu acordo.

Com licença. — Assim que terminou de falar, curvou-se respeitosamente para o pai de Zhou Shuyi e saiu daquela galeria privada cheia de pinturas.

O senhor Zhou olhou para Gao Shide indo embora. Ainda que ele admirasse aquele garoto, pelo bem do futuro de seu filho, era necessário que ele prevenisse aquilo de acontecer.

* * *

Na residência do Zhou Shuyi nos dias atuais…

— E foi isso que aconteceu. — Gao Shide estava sentado na poltrona reclinável preta enquanto falava sobre o acordo que aconteceu há cinco anos.

— Isso é tudo culpa sua! — rugiu o pai de Zhou Shuyi que estava em pé dentro daquela sala para o homem que havia quebrado a promessa e foi ao encontro de seu filho antes do prazo.

Originalmente, ele havia organizado vários encontros para o seu filho com filhas de outros empresários. Mesmo que Gao Shide conseguisse construir uma carreira, seria tarde demais. De todas as possibilidades, ele jamais poderia imaginar que a Huaqing Tecnologia, a empresa que a mãe de Gao Shide fundou, seria adquirida pelo Grupo Chengyi. E ele se tornou o idiota que antecipou o encontro deles.

— Saia daqui ou eu vou te espancar.

— Isso aí, se você não sair, eu vou te espancar!

O pai Zhou apontou para o rosto de Gao Shide, ecoando as palavras de Zhou Shuyi com uma ameaça feroz. Surpreendentemente, seu filho virou-se e o encarou com olhos cheios de raiva.

— A pessoa que deve sair daqui é você.

— Shuyi… *nande sonna ko to iu no*?[15] — Ele tentou abraçar seu filho, mas foi empurrado para longe com raiva.

Com os olhos vermelhos, Zhou Shuyi suprimiu sua raiva, levantou-se do sofá e subiu as escadas em direção ao segundo andar.

— Toda vez que você diz "para o seu bem" me faz sentir miserável. Com dez anos, você me levou para pular de paraquedas e eu quase caí em um vale. Com onze, você me deixou ir mergulhar para aprender a nadar, mas felizmente eu não me afoguei. Aos doze, disse que homens de verdade escalam montanhas, e quase morri lá em cima. Aos treze, disse que jogar basquete me faria crescer, e acabei com um osso quebrado… Quer que eu conte mais?

— Mas, Shuyi, eu realmente só faço isso para o seu bem. — Em seguida, o pai de Zhou Shuyi ficou em silêncio, olhando aflito para o seu próprio filho que havia perdido todo o seu sorriso.

— Não preciso de você para o meu bem. Se é bom ou ruim, eu decido por mim mesmo.

Vendo que não conseguia convencer o filho, ele teve que ceder, suavizando sua voz:

— Está bem, está bem. Fui eu quem agiu mal. O que devo fazer para que você não fique zangado?

Diante de seu bebê, ele era apenas um pai tolo que amava seu filho, não um empresário, e muito menos o severo e inflexível ancião da visão de Gao Shide.

— Vai embora! Suma daqui agora!

— Certo. Então, vou embora… Papai realmente vai embora, eu realmente preciso ir.

---

15. なんでそんなこと言うの?: Significa "Por que está dizendo uma coisa dessas?" em japonês.

Assim, o pai de Zhou Shuyi soltou um suspiro forte, regrediu os passos que havia dado em direção ao filho, virou-se e saiu em direção à entrada da casa. No entanto, todas as vezes que ele dava um passo ou dois, virava a cabeça para olhar na direção de seu filho, esperando que este se sentisse tocado e o chamasse de volta. No entanto, ao descer as escadas e parar no hall de entrada com a porta aberta, ele não ouviu nenhum chamado para voltar. Assim, saiu silenciosamente da residência de seu filho, fechou a pesada porta atrás de si e ficou parado ao lado do pequeno jardim ao ar livre, suspirando enquanto olhava para o céu.

Zhou Shuyi ficou parado na janela do segundo andar, olhando para a outra pessoa na sala de estar, e disse:

— Vai você também, não quero ver mais sua cara.

— Shuyi…

— Gao Shide, na sua visão sou tão inferior que, não importa o que eu faça, você precisa carregar tudo sozinho? Acha que pode resolver todos os problemas sozinho? Ou acha que não sou sério o suficiente em relação a você, que não estarei ao seu lado para enfrentar meu pai? — interrogou Zhou Shuyi quando ainda conseguia suprimir sua raiva ao olhar para aquele rosto tão delicado, em seguida levantou a cabeça num ato de superioridade.

— Eu… — Gao Shide ficou sem palavras diante dessa pergunta.

— Você decidiu sua vida inteira, mas não acreditou em mim quando falei sobre o "para sempre"! Gao Shide, eu sempre estive perdendo para você, mas isso não significa que eu não seja forte o suficiente. Se o tipo de relacionamento que você quer é manter o outro em uma redoma de vidro, cuidando dele o tempo todo, então você deveria procurar outra pessoa. O que eu quero é um parceiro que me ame e acredite em mim, que lute e que aguente os altos e baixos ao meu lado, junto de mim.

— …

As palavras de Zhou Shuyi deixaram Gao Shide, acostumado desde jovem a enfrentar dificuldades sozinho como filho único criado por mãe solteira, atordoado. Mas a princípio, em sua cabeça, foi ele quem puxou Zhou Shuyi para um relacionamento cheio de discriminação e crítica, então sentia que tinha a responsabilidade de resolver tudo sozinho. Como um guia à frente, ele cortava os espinhos que poderiam rasgar a pele e afastava os obstáculos à frente, mesmo que fosse deixando cicatrizes, para abrir um caminho seguro para aquele que seguia atrás.

No entanto, esqueceu que o outro era um adulto, um tão capaz quanto ele. Talvez no início, quando começaram essa jornada, o outro tenha parecido como uma criança criada em uma redoma de vidro, mas com o tempo ele alcançaria seus passos. Passaria de seguir silenciosamente atrás para caminhar ao lado, cortando espinhos e removendo obstáculos juntos, enfrentando os ventos e tempestades lado a lado.

— Saia. — Zhou Shuyi virou as costas, escondendo seu rosto para que a outra pessoa não visse as lágrimas prestes a cair. — Talvez… nós nunca devêssemos ter ficado juntos.

Assim como um prédio construído nos moldes do estilo industrial, desde a proporção dos materiais de concreto, o processo de vibração e mistura até o despejo dos moldes, cada passo rigoroso visa criar uma obra que toque o coração das pessoas. O amor era assim também. Sem uma base sólida de confiança, mesmo os momentos apaixonados mais belos podiam ser derrubados pela cruel realidade, como um castelo de areia na praia que desmorona com uma única onda. Com isso, a pessoa que estava na sala abaixou a cabeça pela culpa e saiu silenciosamente daquele local no qual não era mais bem-vinda.

Do lado de fora, ao lado do jardim, Gao Shide viu o pai de Zhou Shuyi ainda parado ali.

***

Dentro de um bar...

— E se o Zhou Shuyi me ignorar no futuro?

— Não importa o quão ignorado você seja, sempre será o pai dele. O vínculo entre pai e filho é inquebrável.

Na frente do balcão, os dois homens que foram expulsos da casa pelo proprietário levantaram seus copos de uísque e beberam. O homem de meia-idade balançou o copo de vidro em seus dedos, suspirando com pesar.

— Eu não imaginava que a Huaqing Tecnologia pertencia à sua família. No começo, enganei vocês para que terminassem por conta do acordo, mas, no fim das contas, foi por minha causa que vocês se encontraram novamente.

— Me enganou? — Gao Shide olhou perplexo para o outro. Então, será que tudo aquilo que esse homem disse anos atrás sobre Shuyi querer terminar com ele não era verdade?

— *Dame ka?*[16] — O pai de Zhou Shuyi deu uma olhada para a pessoa que estava próxima a ele e continuou falando insatisfeito: — Eu estava esperando que meu filho fosse se casar com uma garota de uma boa família depois da graduação. Assim eu poderia estar abraçando os meus netos, mas não esperava que ele fosse vir correndo falar que gostava de você, um relacionamento que não pode gerar filhos, e ainda me ameaçou falando que caso eu não aceitasse, quebraria a nossa relação de pai e filho.

16. だめか?: Significa "Não?" em japonês.

— *Acha que pode resolver todos os problemas sozinho? Ou acha que não sou sério o suficiente em relação a você, que não estarei ao seu lado para enfrentar meu pai? Você decidiu sua vida inteira, mas não acreditou em mim quando falei sobre o "para sempre"! Gao Shide, eu sempre estive perdendo para você, mas isso não significa que eu não seja forte o suficiente. Se o tipo de relacionamento que você quer é manter o outro em uma redoma de vidro, cuidando dele o tempo todo, então você deveria procurar outra pessoa. O que eu quero é um parceiro que me ame e acredite em mim, que lute e que aguente os altos e baixos ao meu lado, junto de mim.*

As palavras de Zhou Shuyi que acabara de ouvir instantaneamente surgiram em sua mente... A verdadeira pessoa "protegida" era ele. O pai de Zhou Shuyi estava cada vez mais irritado, apontando furiosamente para o outro.

— Você acha que é fácil ser pai? Pensei que apenas as filhas eram como água derramada[17], mas parece que os filhos também são assim. Por que ele se importa tanto com um idiota que vai para os Estados Unidos e fica com uma garota estadunidense? Por quê?

— Garota estadunidense?

— Por que será que o Shuyi não te quer? Você, sem coração, depois de ir para o exterior, parece que desapareceu. Sem voltar nenhuma vez, com preguiça de fazer ligações e sem dar notícias por mais da metade de um ano. Imagina ainda, você tentar ligar pra pessoa no meio da noite apenas porque se importa com ela e quem atende a sua ligação é uma garota. Ele ainda me disse que estava indo para uma viagem de negócios na Costa Leste, mas na verdade estava indo te encontrar. E então, que grande surpresa! — O pai de Zhou Shuyi bufou friamente, tomou um grande gole

17. É um costume em casamentos chineses a família da noiva jogar um balde de água na entrada da casa quando ela está saindo da casa dos pais. Isso representa que ela agora faz parte da família do noivo, como água que foi derramada e não pode voltar para o recipiente em que estava antes.

de sua bebida, e apontou para a pulseira no pulso direito de Gao Shide, continuando a falar mais e mais: — Ele viu você tendo um momento todo romântico com uma garota estadunidense enquanto segurava um bebê. Quando voltou de viagem, chorou até quase morrer de desidratação.

— Shuyi foi aos Estados Unidos me procurar?

Como Gao Shide nunca ouviu falar dessa história de Zhou Shuyi antes? Será que a "garota estadunidense" que Shuyi viu era a Ashley? E o "bebê" que ele mencionou... seria o Oscar?

O pai de Zhou Shuyi agarrou firmemente o colarinho do terno de Gao Shide, puxando-o para perto com os olhos vermelhos, engasgado:

— Você não só não respondeu às mensagens, como também teve a audácia de pedir ao meu filho que ficasse esperando por você até que pudesse terminar de lidar com os seus problemas familiares antes mesmo de tentar explicar pra ele.

— Terminar de lidar com os seus problemas familiares? — perguntou Gao Shide franzindo suas sobrancelhas.

Shuyi, não expliquei pelo telefone porque temia reclamar na sua frente. Por favor, me espere um pouco mais. Assim que as coisas em casa se acalmarem, eu vou voltar e explicar pessoalmente para você. Shuyi... sinto sua falta... Sinto muita falta de você...

"Por que esse cara sabe o que estava escrito naquela mensagem que mandei pro Zhou Shuyi quando ainda estava nos Estados Unidos? Será que...", refletiu em seus pensamentos. No entanto, naquele momento o pai de Zhou Shuyi percebeu que havia falado demais e tentou mudar de assunto logo em seguida, cheio de raiva em sua voz.

— De qualquer forma, você traiu meu filho!

— Eu não traí ele — Gao Shide imediatamente negou ao ouvir a acusação severa de traição.

Não era de admirar que Shi Zheyu e Liu Bingwei tivessem mostrado desdém quando o viram pela primeira vez e tivessem agido para impedi-lo de se aproximar de Zhou Shuyi. Aparentemente, todos o consideravam um "traidor", mas ninguém veio pessoalmente perguntar sobre a tal "garota estadunidense" e a criança, o que realmente estava acontecendo. Apesar de ter mantido em sigilo algumas coisas, ele não era um traidor dos seus sentimentos. Mas não importava se mantivesse sigilo ou confessasse tudo, pois sempre resultaria no aumento daquela distância entre Gao Shide e Zhou Shuyi. No entanto, dessa vez, Shide não cederia. Ele recuperaria o que havia perdido. Apesar de ter sido contra-atacado, ele viraria o jogo novamente.

Naquele momento, o jovem estava decidido que deixaria todos, especialmente a pessoa que precisou aguentar toda a solidão esperando por ele, verem o verdadeiro "Gao Shide" reconquistando tudo aquilo com que se importava. Assim, colocou o copo de bebida na mesa, olhou para o homem mais velho já bastante embriagado, levantou-se e disse:

— Tio, perdão, mas desta vez eu não vou mais recuar.

Em seguida, ele tirou uma carteira do bolso do peito, pegou algumas notas de dinheiro, deixou o copo de vidro batendo na mesa e saiu do bar onde o som do piano ecoava. Enquanto isso, o pai de Zhou Shuyi balançou a cabeça e gritou para a silhueta que estava deixando o local:

— Recuar? Recuar do quê? Gao Shide, explique claramente o que você está dizendo!

***

— Você não falou que iríamos fazer hora extra no período noturno ontem? Por que não veio? O Zheyu e eu éramos os únicos lidando com os contratos de toda a companhia. Além disso, você ainda estragou o nosso encontro. É melhor você me dar uma explicação razoável e... Ah, sim, um pagamento de horas extras justo também.

— Mil desculpas, depois comecei a ter dor de estômago e não saí de casa. Envie o contrato para mim, estou vendo agora.

— Já enviei, adicionei alguns itens para você revisar novamente. Ah, sim, meu amorzinho ontem não dormiu bem por causa do seu chamado de última hora, então ele vai tirar folga na segunda-feira.

Enquanto segurava o celular em suas mãos, Zhou Shuyi foi até a impressora e retirou do suporte de papel o contrato que havia sido enviado por fax. Assim, retornou para a mesa de jantar onde estava colocado o seu notebook.

— Liu Bingwei! Diga a Zheyu para parar de resmungar. Vou pagar o dobro do valor das horas extras para compensar o prejuízo do encontro cancelado.

— Muito obrigado, chefe. Ei, se cuida e me liga caso precise de qualquer coisa.

— Ah, vai procurar o que fazer! *BYE.*

Assim que apertou o botão na tela do celular para desligar a ligação, o estômago de Zhou Shuyi começou a doer. Foi até a sala de estar com o seu corpo curvado e suando frio, mas descobriu só quando chegou no pote de remédio para estômago que ele havia acabado.

— Shuyi, eu tenho algo que gostaria de falar para você.

O tablet que estava na mesa de centro acendeu de repente, a tela mostrava uma imagem da câmera de segurança instalada perto da porta. Pouco antes de sair dali, a pessoa que agora estava do lado de fora olhava para a câmera na porta.

Segurando o abdômen cada vez mais dolorido, as pernas de Zhou Shuyi fraquejaram e ele se ajoelhou no chão. Embora não quisesse ver aquela pessoa, agora só ele poderia ajudar.

— Cala a boca e me leva logo pro hospital.

A voz fraca que estava buscando por ajuda foi transmitida pelo tablet para a outra pessoa que estava do lado de fora, apertando o botão na tela para destravar a porta em seguida. Assim que terminou, Zhou Shuyi desmaiou no chão de sua casa.

***

Do lado de fora do bar…

Perto do horário de funcionamento noturno, Pei Shouyi estava ocupado preparando o trabalho quando pegou duas cadeiras. Nesse momento, uma figura se aproximou rapidamente, pegou os itens pesados de suas mãos e os colocou no lugar certo. Os funcionários do local ficaram confusos com aquele jovem aparecendo de repente e um deles curiosamente perguntou:

— Esse daí é seu amigo? Veio procurar trabalho?

— Apenas ignore — disse Pei Shouyi impacientemente ao mesmo tempo que franzia a sobrancelha. Seus olhos, no entanto, involuntariamente seguiram o movimento agitado daquela figura, lembrando-se do que aconteceu na noite anterior…

— *Pei Shouyi!* — Uma voz cheia de animação chamava o seu nome.

Depois de fechar o restaurante, ele estava levando o lixo para a área de reciclagem quando viu uma pessoa correndo em sua direção.

— *Finalmente te encontrei. Você disse que se não desistisse, teria uma chance. Todos esses anos estive te procurando. Quanto tempo, como você está?* — Aquela pessoa, que tinha um grande sorriso em seu rosto, abraçou Pei Shouyi bem apertado enquanto enterrava o rosto esfregando a bochecha em seu peito, parecendo um cachorrinho.

— *Me larga.*

— *Me responda primeiro. Como você tá?*

— *Tô bem. Agora me larga.*

— *Não quero.*

— *Você não é mais uma criança, então pare de agir como uma.*

— *Eu não quero. Não se esconda de mim nunca mais. Tenho te procurado por doze anos.*

Aquela voz infantil era igual à de doze anos atrás... Igualmente irritante, igualmente perturbando seu mundo tranquilo.

Ele afastou Yu Zhenxuan, que o estava abraçando, empurrando com a mão o ombro esquerdo do outro, criando uma distância de um braço entre eles, e disse com um tom que usaria com um estranho, com o rosto frio:

— *Eu não pedi para você me procurar. Doze anos atrás, escolhi partir, e doze anos depois, a resposta continua a mesma.*

— *Pei Shouyi...* — Seu rosto franzido parecia prestes a chorar, mas imediatamente foi substituído por um sorriso radiante, porque Pei Shouyi já tinha dito que odiava ver as lágrimas dos outros. — *Eu não vou desistir.*

— ...

Sem querer dar atenção a um louco que não entendia palavras, ele colocou o saco de lixo na área de reciclagem, virou-se com o rosto sombrio e foi embora.

— *Pei Shouyi! Eu definitivamente não vou desistir!*

A gritaria persistente continuava a vir de trás de Pei Shouyi. A superfície do rio refletindo as luzes e o céu noturno, a barreira de concreto pintada de azul e a grama verde sob os postes de luz, tudo parecia uma pintura impressionista, exibindo cores vibrantes e deslumbrantes.

Somente aquela pessoa, curvada e lentamente agachada, vestindo um casaco cinza discreto, abraçava os joelhos e chorava em silêncio, olhando para a figura que se afastava cada vez mais, mordendo os lábios para conter os soluços que aquela pessoa detestava…

— Você só traz problemas — disse Pei Shouyi franzindo as sobrancelhas, depois de relembrar do que aconteceu no dia anterior ao mesmo tempo que olhava através da janela de vidro, da área restrita de funcionários, para aquela pessoa que estava ocupada arrumando o bar.

***

O carro entrou na entrada, desligou o motor parando em frente à casa isolada. Então, Gao Shide abriu a porta do motorista, saiu do veículo para ir em direção à porta do passageiro de trás e olhou para aquele homem de olhos fechados, dormindo. Silenciosamente, ele desatou o cinto de segurança preso ao peito. Olhando para os lábios pálidos devido à dor de estômago, ele se aproximou lentamente como que enfeitiçado, e justo quando estava prestes a beijá-los, Zhou Shuyi de repente abriu os olhos, empurrou Gao Shide e saiu do carro, caminhando em direção à casa com a mão no estômago ainda dolorido.

— Me dê o remédio e você pode ir embora.

Zhou Shuyi parou ao lado da mesa de jantar, virou-se e estendeu a mão para a pessoa que o seguia para dentro da casa, querendo pegar de volta o remédio que o médico lhe tinha receitado.

— Eu vou ficar pra cuidar de você.

— Não preciso da sua intromissão.

Pegando o celular que tinha deixado na mesa, ele discou o número de Liu Bingwei, pretendendo continuar o trabalho que teve que interromper por causa de seu mal-estar.

— Bingwei, eu acabei de ler o contrato e tem algumas coisas que precisam… — No entanto, mal havia começado a falar quando Gao Shide arrancou o celular de sua mão. — Devolve o meu celular.

— Um paciente precisa agir como um paciente.

— Isso não é da sua conta.

— É claro que é!

— O que você tá fazendo?

De repente, Gao Shide se abaixou e pegou Zhou Shuyi nos braços. Ignorando as vozes de protesto, ele carregou o doente para o andar de cima e o colocou sobre lençóis azul-claros. Olhando para o rosto de Zhou Shuyi, que agora estava deitado na cama…

— Se eu não tivesse ido pra reunião com o seu pai naquele ano, e sim ter ido te ver… Você teria ficado comigo? — Com a ponta dos dedos, ele tocou carinhosamente o lóbulo da orelha fria de Zhou Shuyi e, inclinando-se, perguntou em seu ouvido.

— Gao Shide, não imponha seus sentimentos aos outros. O amor não é algo que você recebe de volta só porque deu. Além disso, nem tudo pode ser consertado.

— *Zheyu, não imponha seus sentimentos aos outros, sentimentos não são recompensados apenas por esforço, é uma via de mão dupla.*

Essa foi a razão que ele deu a Shi Zheyu para rejeitá-lo. Agora, ele era o rejeitado.

Então, fechou os olhos, respirou fundo, levantou-se da cama, cobriu Zhou Shuyi com o cobertor, desceu as escadas e entrou na cozinha, discando o número de Pei Shouyi...

— Eu não sou médico há muitos anos, não confie em mim.

— Era melhor quando você era médico. — Ao mesmo tempo que Gao Shide pedia por ajuda para o seu primo que havia trabalhado como médico no passado, espalhou os ingredientes que comprou por toda a bancada da cozinha enquanto segurava o celular.

— O que você comprou aí?

— Inhame, lótus, quiabo, peixe, repolho e ovos. Se eu fizer um mingau com tudo isso, ajudará o estômago a se recuperar mais rápido? Mas... Ah, quando ele melhorar, vai me expulsar de novo. Parece que, até esclarecer esse mal-entendido, só poderei entrar na casa do Shuyi com a desculpa de ser cuidador e cozinheiro.

— Você consegue ser fofo até pelo telefone, Gao Shide. Bom trabalho. Venha me ver quando puder, quero te mimar.

— Não vou falar mais com você, preciso preparar o mingau.

— OK, *BYE*!

Uma hora depois, o aroma de comida foi lentamente entrando nas narinas de Zhou Shuyi.

— Shuyi, levante, coma um pouco e volte para cama depois que tomar o remédio... Shuyi, acorde... Ajudantezinho, acorde...

A voz chamando seu nome parecia vir de um lugar distante. A temperatura familiar, a voz familiar, o cheiro familiar fizeram a pessoa adormecida retornar às memórias dos tempos da universidade.

— *Ajudantezinho, tá ficando tarde. Levanta logo.*

Aquela voz da memória que carregava menos culpa e lamentos era também mais forte, pura e confiante, exatamente da forma que Zhou Shuyi mais gostava.

— *O professor de hoje é o Yang Yuteng. Você sabe que ele gosta de reprovar os alunos!*

— *Foda-se o que ele gosta de fazer, eu vou é voltar a dormir mais um pouco.*

— *Eu comprei café da manhã, então levanta logo.*

No entanto, o dono da voz, tanto no passado quanto no presente, sempre gostava de perturbá-lo quando estava dormindo profundamente, acariciando seu nariz e pescoço com os dedos, interrompendo seus sonhos agradáveis.

— Eu vou voltar a dormir só mais um pouco... tá tudo bem se for reprovado...

Meio adormecido, ele não percebeu que já estava nos braços da outra pessoa. Então, aconchegou-se e voltou a dormir confortavelmente.

— Você também quer voltar para aquela época, né? — Gao Shide ficou olhando para aquele homem falando sozinho ao mesmo tempo que dormia, o que o fez relembrar também dos bons e velhos tempos...

Nem tudo pode ser consertado. O que passou, passou; o que se perdeu, se perdeu. O que não pode ser encontrado, não pode ser recuperado; mesmo que seja encontrado, já não é mais como antes.

Lentamente, ele passou o braço com a pulseira pelo peito de Zhou Shuyi, abraçando-o levemente, segurando o pulso direito vazio, sem a pulseira de compromisso que já havia sido retirada.

"Agora que sei o motivo disso tudo, será que ainda tenho alguma chance de ser perdoado?", refletiu Gao Shide. Então, decidiu que assim que aquela pessoa finalmente acordasse, não importava o que ela quisesse perguntar, ele explicaria tudo, até que Zhou Shuyi deixasse suas mágoas e o aceitasse novamente.

* * *

No bar…

— Chefe, o seu amigo ali tá brigando com os clientes. Como deveríamos lidar com isso? — questionou o empregado sussurrando, indo em pânico avisar a Pei Shouyi.

— Beibei, primeiro chame a polícia.

— Certo.

Depois de instruir o barman responsável, Pei Shouyi rapidamente foi com o seu empregado na direção dos bancos perto do rio onde avistou Yu Zhenxuan discutindo com dois clientes.

— O que foi que você acabou de falar?

— Eu falei que essa bebida era uma merda.

— Se é uma merda, então não bebe.

— Se eu não quiser, não vou beber. Por que está agindo assim? Seu maluco!

Aproveitando a superioridade numérica, os dois homens cercaram Yu Zhenxuan e começaram a atacá-lo, sem esperar que o louco aparentemente frágil não fosse um alvo fácil. Zhenxuan aproveitou a oportunidade para morder o braço de um deles e, enquanto ele gritava de dor e o soltava, levantou a perna e derrubou os dois no asfalto.

— Vem, porra! — gritou Yu Zhenxuan com todas as forças dos seus pulmões. Ele havia ido até a área dos latões de lixos, pegou uma garrafa de vinho vazia e bateu no poste mais próximo dele, apontando a garrafa quebrada cheia de pontas afiadas para os outros clientes que puxaram a briga.

— Chega! — Pei Shouyi segurou a mão que segurava a garrafa quebrada, impedindo Yu Zhenxuan que estava fora de controle, gritando para os outros dois: — Ainda não saíram daqui? Querem brigar até a morte?

— Vocês vão se lembrar disso, seus desgraçados! *Ptchui*!

As duas pessoas que estavam no chão de asfalto levantaram com medo e, na medida que se afastaram, cuspiam no chão.

— Liu, vai cuidar do bar.

— Ah, certo.

Depois de afastar o funcionário, Pei Shouyi pegou a garrafa quebrada das mãos de Yu Zhenxuan, colocou de volta na caixa plástica de reciclagem de garrafas e depois foi até o rapaz, olhando friamente para ele. Mas o homem de aparência magra virou o rosto, evitando o olhar de Pei Shouyi. Ele sabia que tinha feito algo errado novamente, deixando aquela pessoa chateada. Então virou as costas, com os olhos vermelhos, querendo sair, mas de repente foi agarrado pelo braço esquerdo, sendo carregado por Pei Shouyi de volta para a área ao ar livre do bar.

Yu Zhenxuan foi colocado no chão entre as mesas por Pei Shouyi, olhou para a caixa de primeiros socorros que fora trazida da cozinha e depois para a pessoa que pegava um pedaço de gaze e antisséptico, mas logo começou a entrar em pânico.

— Eu não quis brigar, eles estavam falando mal de você, dizendo que a bebida deste lugar é ruim.

— As pessoas costumam falar demais quando ficam bêbadas, então não ligue pro que elas falam. Você já tá nos seus trinta e ainda quer ficar agindo como um garoto de ensino médio? — respondeu Pei Shouyi com seriedade, ainda que tenha sido sarcástico.

— Ninguém pode falar coisas ruins de você — reclamou Yu Zhenxuan olhando diretamente para a pessoa que estava aplicando os medicamentos em seus machucados.

— Yu Zhenxuan, quando você vai se desapegar desse seu jeito de agir como se fosse um bebê pra cima de mim?

— Eu… eu não sou um bebê…

— Você é sim, senão não teria ficado me procurando na enfermaria o dia inteiro no ensino médio. — Pei Shouyi mexeu o cotonete entre os dedos, suspirando. — Se eu soubesse que as coisas acabariam assim, teria ficado na minha quando te vi pela primeira vez.

— … — Yu Zhenxuan sentiu o nariz arder, lágrimas tomando seus olhos.

"Por que você quer falar mal da memória mais linda que tenho guardada em meu coração? Sou apenas um incômodo persistente aos seus olhos? Ou é porque a pessoa gravada no seu coração não sou eu?", questionou Yu Zhenxuan em sua própria mente, pensando além do que deveria.

— Gao Shide… — A última sílaba daquele nome saiu de sua boca junto de toda a inveja e ciúmes que Yu Zhenxuan carregava.

— Como você conhece o Shide?

— Se fosse ele fazendo o que fiz, você não teria ficado incomodado, teria?

Na tarde anterior, ele ouviu a conversa de Pei Shouyi com aquela pessoa pelo telefone…

— *Você consegue ser fofo até pelo telefone, Gao Shide. Bom trabalho. Venha me ver quando puder, quero te mimar.*

Yu Zhenxuan lembrou da conversa que ele escutou entre Pei Shouyi e Gao Shide. Foi surpreendente ver a pessoa que quase nunca sorria dar um sorriso ao telefone. Ele realmente queria correr e perguntar, queria saber qual era a verdadeira relação entre essa pessoa e o CEO. Mas com medo da resposta que Pei Shouyi poderia dar, ele optou por sair silenciosamente, retirando-se do sorriso que não lhe pertencia… retirando-se do sentimento que não era correspondido.

— Você gosta do Gao Shide, você realmente gosta dele. Por conta desses sentimentos, não importa o que eu faça, você não vai sentir nada por mim, né? — disse Yu Zhenxuan inevitavelmente voltando a sorrir enquanto chorava. De repente, ele sentiu uma inveja profunda daquele cara mimado, que havia conseguido o que ele mais desejava.

— Você sabe o que é gostar de alguém?

— Eu sei, porque desde aquele momento em que você me encontrou há doze anos, me apaixonei por você… Pei Shouyi, eu gosto de você.

Yu Zhenxuan esticou as mãos em direção ao rosto do homem que amava, beijando os seus lábios com intensidade. Parecia que ele queria expressar toda a verdade em seu coração através daquele ato, trazendo a nostalgia de doze anos atrás junto das emoções que ele não conseguia compreender e expressar naquela época.

— …

Pei Shouyi não recusou, apenas esperou em silêncio que a outra pessoa terminasse o leve beijo. Naquele momento, não escolheu se afastar, com medo de ver novamente os olhos machucados; não quis explicar, receando que suas palavras fossem muito duras. Subitamente confuso, fingiu ignorar o beijo, mas silenciosamente segurou a mão que sangrava devido aos golpes nos clientes. Ele abriu a tampa do frasco de iodo, pingou a solução castanha em um pedaço de algodão e cuidadosamente aplicou sobre os cortes nas costas da mão.

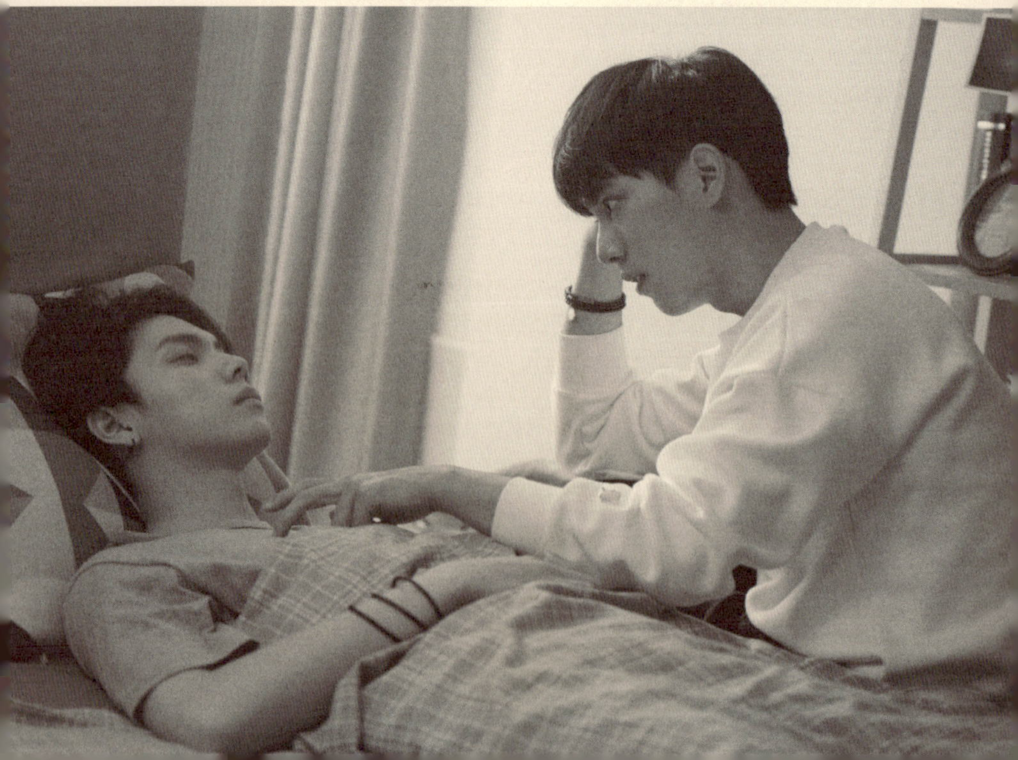

Capítulo 4

Quem será o sortudo afinal?

Quatro anos atrás, Estados Unidos, Texas...

A luz do sol agradável da Costa Leste banhava a região durante a tarde. Gao Shide estava em pé no corredor observando as mensagens lidas sem resposta na conversa. Decidiu clicar na caixa de entrada exclusiva do e-mail abruti87887278@gmail.com, olhando para cada e-mail enviado por outra pessoa para ele, e para os que enviara, mas que pareciam ter sido deixados de lado sem resposta. Ele suspirou.

— Eu prometi voltar em dois meses, mas estou aqui já faz dois anos. Shuyi, você está disposto a ouvir minha explicação?

Ele originalmente pensou que sua saída de Taiwan seria para o casamento de sua mãe, podendo voltar dois meses depois. No entanto, quem imaginaria que, um pouco antes do avião pousar, a mãe começaria a ter sintomas como não conseguir enxergar direito as coisas, vômito e tontura? Com a ajuda dos profissionais de saúde do aeroporto, ela foi urgentemente levada para um hospital local.

Depois que foi dado o diagnóstico, descobriram que a mãe estava grávida de três meses e apresentava hipertensão gestacional. Isso forçou o adiamento do casamento planejado, para que ela pudesse descansar e cuidar da gravidez na casa do padrasto de Gao Shide.

Durante o parto, ela quase perdeu o bebê devido a um descolamento prematuro da placenta, que causou uma grande hemorragia. Felizmente, os médicos conseguiram salvá-la a tempo. Ainda que seu irmão mais novo tenha nascido prematuro de duas semanas, ele era um bebê saudável. Contudo, a saúde da mãe ficou muito debilitada, e ele teve que assumir todas as responsabilidades da empresa.

Durante o dia, cuidava dos negócios e, à noite, ajudava a cuidar do irmão mais novo. Durante mais de seis meses, ele ficou em um estado constante de privação de sono, frequentemente adormecendo no sofá da sala de estar. Em várias ocasiões, foi Ashley quem atendeu às chamadas de emergência da empresa e o acordou para que ele pudesse resolver os problemas. Foi só quando o irmão completou um ano que ele conseguiu algum alívio da situação extenuante. No entanto, a caixa de e-mails exclusiva nunca recebeu nenhuma resposta, e até a sala de bate-papo no aplicativo de mensagens permanecia vazia, com mensagens lidas sem resposta.

Seus dedos pararam em um anexo de um dos e-mails, uma foto das íris plantadas pelo seu padrasto no jardim. Dizia-se que, quando o primeiro rei do Reino da França recebeu o batismo de Deus, Ele presenteou o rei com essa flor. Desde então, a pequena flor roxa, que representa a luz e a liberdade, tornou-se a flor nacional da França. No simbolismo das flores, a íris representa uma longa saudade. Por isso, ele tirou uma foto das flores no jardim e a enviou através do oceano para o amante que estava a 12.348 quilômetros de distância, dizendo que sentia muita falta dele.

Olhando para a foto na tela do celular, ele exibiu um leve sorriso, virou-se e entrou na casa para arrumar as malas e reservar uma passagem só de ida para Taiwan.

— Mãe, estou saindo.

Puxando a mala até a porta, ele se despediu da mãe, que saíra de dentro da casa. Embora ainda estivesse um pouco fraca, sua saúde havia melhorado bastante.

— Pegou tudo?

A mulher vestia roupas largas e confortáveis, menos rígidas do que no ambiente de trabalho, mostrando a suavidade de ser mãe novamente. Muitas vezes, até Gao Shide se pegava olhando fixamente, percebendo como uma mulher mimada pela felicidade podia ser tão bonita.

— Sim, peguei tudo.

— Quando você voltar, converse bem com o Yizinho. Ou quer que a mãe explique? Diga que eu não sabia que estava grávida e quase tive um aborto, deixando todos assustados e a empresa um caos. Você não pôde voltar porque estava cuidando de mim e da empresa, então...

— Está bem, mãe, não foi sua culpa que tantas coisas aconteceram. Você precisa cuidar bem da sua saúde. A hipertensão gestacional foi muito grave e você ainda não está totalmente recuperada. Depois que eu sair, vai ser muito difícil para você cuidar do Oscar sozinha — interrompeu Gao Shide.

— Você é muito atencioso. Agora Brandon e Ashley também podem me ajudar. Não podemos continuar te sobrecarregando. — A mãe de Gao olhou para o rosto cansado do filho e acariciou seu rosto com carinho, dizendo com o coração apertado.

— Vocês nunca me sobrecarregam — respondeu Gao Shide, balançando a cabeça em negação ao mesmo tempo que impedia sua mãe, que queria acompanhá-lo até a rua. — Mãe, não precisa me acompanhar. Volte logo pra dentro.

— Está bem. Qualquer coisa, nos avise. A mãe vai te ajudar. Tome cuidado e, quando o avião pousar, mande uma mensagem para mim.

— Tá bom, mãe.

Assim, Gao Shide deixou a casa térrea e com o gramado logo na frente iluminada pelo sol enquanto puxava as duas malas, olhando para o céu azul, e finalmente pegou um táxi para o aeroporto.

No avião, depois de o piloto ter informado que o avião estava prestes a decolar, pediu para que os passageiros desligassem os celulares ou ajustassem para o modo avião. Ainda assim, mesmo que Zhou Shuyi não fosse ler, Gao Shide enviou uma mensagem:

Shuyi, estou pegando o primeiro voo de volta e chegarei amanhã de manhã. Pelo menos... podemos nos encontrar?

Ele então ativou o modo avião e começou a jornada de treze horas. Mal sabia ele que, ao aterrissar e ligar o celular, receberia uma chamada que mudaria tudo...

* * *

A pessoa que foi levada às pressas para o hospital no dia anterior devido a uma dor de estômago abriu lentamente os olhos, acordando na cama banhada pela luz da manhã. Zhou Shuyi virou-se para olhar para Gao Shide, que dormia ao seu lado. Sentindo o leve movimento, o outro também abriu os olhos e olhou para ele. Porém, Zhou Shuyi continuou encarando a pessoa que estava deitada na mesma cama, relembrando a memória com a qual sonhou na noite passada e pensando no poema de Edmund O'Neill, "Love like morning sun" (Amor como o sol da manhã).

"times when peace and happiness seemed more
like intruders in my life than
the familiar companions they are today;

times when we struggled to know each other,
but always smoothing out those rough spots
until we came to share ourselves completely."

"momentos em que a paz e a felicidade pareciam mais
com intrusos na minha vida do que
as companheiras familiares que são hoje;
momentos em que lutávamos para nos conhecer,
mas sempre alisando os pontos ásperos
até que passamos a nos compartilhar completamente."

"We can never rid our lives entirely of sadness and difficult times
but we can understand them together, and grow
stronger as individuals and as a loving couple.
If I don't tell you as often as I'd like,
it's because I could never tell you enough —
that I'm grateful for you
sharing your life with mine
and that my love for you will live forever."

"Nós nunca podemos livrar completamente nossas vidas da tristeza e dos momentos difíceis,
mas podemos entendê-los juntos e crescer
mais fortes como indivíduos e como um casal amoroso.
Se não digo com tanta frequência quanto gostaria,
é porque nunca poderia dizer o suficiente –
que sou grato a você
por compartilhar sua vida com a minha
e que meu amor por você viverá para sempre."

— Desculpa não ter acreditado quando você disse que seria para sempre… passei dez anos entendendo tudo isso, mas você disse "eu gosto de você" tão rápido. Pensei que você só estava respondendo aos meus sentimentos por causa do clima naquele momento. — Gao Shide respirou fundo, olhou nos olhos da outra pessoa e tentou usar a voz mais calma que ele conseguia para dizer o que ficou pensando durante a noite toda: — Quando eu voltei naquele ano, recebi a ligação de seu pai e depois que nos encontramos, ele disse várias e várias razões pelas quais você poderia me deixar. Seu celular estava com ele, e lembrei do crush que você teve pela Jiang Yuxin e que por isso poderia escolher uma garota, uma pessoa que fosse mais adequada para estar ao seu lado. Entre nós, as coisas seriam como antes, só que como duas linhas paralelas que nunca se cruzariam. O que tivemos de bonito foi apenas um impulso momentâneo, não algo para sempre.

— … — Os olhos de Zhou Shuyi estavam vermelhos enquanto seu pomo de adão mexia ao engolir o choro, escutando tudo no mais puro silêncio.

— Mas eu não vou ceder desta vez. Seu pai está certo, sou muito inseguro. Tenho medo de você me deixar e também de ser um peso para você. Por isso, aceitei as condições dele, querendo provar que em cinco anos teria a capacidade de estar ao seu lado, para mostrar que sou a pessoa mais adequada para você… Desculpe, de verdade… Desculpe… — A voz que estava falando gradualmente começou a sair cortada por conta do choro.

Zhou Shuyi levantou-se lentamente e sentou-se ao lado de Gao Shide, virando o rosto dele para o seu. Em seguida, deu tapas com raiva na testa do outro e, com uma expressão firme, falou:

— Sou eu quem decido o que é bom ou não pra mim. Ninguém mais, nem você nem meu pai têm o direito de decidir por mim.

Tudo que Zhou Shuyi queria desde o início era a sinceridade e franqueza de Gao Shide. Já que o amor era entre duas pessoas, então as dificuldades e obstáculos que eles encontram na estrada deveriam ser superados juntos. Com vinte e dois anos, ele era jovem demais, deixando suas preocupações crescerem no coração e resultando em mal-entendidos. Aos vinte e sete, já era maduro o suficiente para distinguir facilmente entre a verdade e a mentira. Porém, ele finalmente conseguiu a confissão que queria, então por que ainda continuar girando em círculos, machucando Gao Shide e a si mesmo cada vez mais?

Zhou Shuyi era um homem de negócios, ele não se envolvia em negócios nos quais ele saísse prejudicado, mesmo que o seu prejuízo fosse menor que o da outra parte. Ele entendia o conceito de parar perdas e de superar, sendo capaz de abraçar a verdadeira felicidade que desejava.

Então, Shuyi levantou da cama e foi em direção ao guarda-roupa onde pegou uma caixa de veludo cinza que havia guardado no fundo do móvel. Voltou para o lado da cama, sentou-se ao lado de Gao Shide e pressionou a caixa contra os lábios dele, impedindo a boca que continuava a pedir desculpas incessantemente, dizendo:

— Gao Shide, vou te dar mais uma chance para me responder. Aquela sorte que você falou ainda é minha?

— …

Os dedos do homem tremiam enquanto ele abria lentamente a caixa. Dentro estava o bracelete de couro que ele próprio tinha dado, aquele que simbolizava o amor. Desde que se reencontraram, ele havia notado que Zhou Shuyi não estava usando mais o bracelete em seu pulso direito. Ele havia pensado que, como um amor abandonado com determinação, o bracelete havia sido jogado em algum lugar desconhecido por seu dono. Inesperadamente, aquele item estava escondido no fundo do guarda-roupa, sem nenhuma mancha ou poeira, apenas alguns sinais de desgastes perto da abertura. Aquilo evidenciava que não importava o quanto o dono do bracelete estivesse com raiva, ele não tinha coragem de jogá-lo fora, chegando a abrir a caixa de vez em quando para conferir se o bracelete estava ali dentro.

— *A sorte da qual você falou ainda é minha?*

— *Naquele dia na enfermaria, eu falei para você que a pessoa que você gostava era sortuda. E depois, quando você pensou que eu estava dormindo, falou no meu ouvido que na verdade essa sorte sempre pertenceu a mim.*

— *Você falou... que não gosta de mim...*

— *Você acha que eu não gosto de você? Por sua causa, eu não gostava... mas agora tenho que gostar...*

Naquela vez, eles estavam em cima de uma passarela em Ximending, pressionando um ao outro para que respondessem às perguntas de seus corações. Agora, depois de ficarem andando em círculos, eles finalmente se encontraram no universo do amor.

— *Você não poderá mais tirar do pulso.*

— *Não posso nem tirar para tomar banho?*

— *Está bem, com exceção do banho, mas terá que colocar novamente e não poderá usar outras coisas que foram dadas por outras pessoas.*

— Doushite?[18]

— É muito tarde para eu poder participar do seu passado... Mas mirai wa boku dake da[19].

---

18. どうして?: Significa "Por quê?" em japonês.

19. 未来は僕だけだ: Significa literalmente "O futuro sou só eu", podendo ser interpretado como "Sou o único permitido no seu futuro".

— ...

Gao Shide olhou para o bracelete e começou a chorar de alívio, abrindo o fecho magnético e envolvendo-o no pulso direito de Zhou Shuyi. Em seguida, segurou a mão do amado, agora com o bracelete, e beijou-a intensamente.

— A sorte sempre, sempre, sempre será sua.

Zhou Shuyi sorriu, seus olhos vermelhos brilhando enquanto ele aproximava o rosto, deixando um beijo de perdão e ternura na testa do homem.

— Shuyi, obrigado... muito obrigado...

Ele estendeu a mão, abraçando novamente seu amado recuperado, sentindo o coração que uma vez pensou ter perdido batendo novamente em seu peito.

— Shuyi, quando eu estava nos Estados Unidos...

— Ele viu você tendo um momento todo romântico com uma garota estadunidense enquanto segurava um bebê. Quando voltou de viagem, chorou até quase morrer de desidratação.

As palavras do pai de Zhou passaram subitamente pela mente de Gao Shide, que pensou em explicar a origem de todos os mal-entendidos, mas foi interrompido por Zhou Shuyi, que colocou o dedo nos lábios dele, piscando travessamente, e disse de forma manhosa:

— Eu não quero escutar você no momento porque o que eu busco agora é...

Ao ter colocado o símbolo do amor entre eles em seu pulso direito novamente, provocativamente alcançou o local entre as pernas de Gao Shide. E assim, Zhou Shuyi tirou do caminho deles os assuntos de trabalho e declarou uma guerra íntima entre amantes.

— Encontre uma forma de me compensar, senão nunca irei te perdoar.

— Você vai se arrepender — respondeu Gao Shide revelando o grave de sua voz sendo aumentado pelo desejo e os impulsos reprimidos.

— Se for você, eu nunca irei me arrepender.

— ... — Gao Shide encarou Zhou Shuyi surpreso e beijou aqueles lábios que haviam dito confissões de amor. Jogou-o de volta para cama, fazendo uso de seu corpo para compensar aqueles cinco anos de ausência.

***

Na Huaqing Tecnologia...

Na sala de reuniões, Gao Shide estava ao lado de Zhou Shuyi, explicando os detalhes sobre o projeto Alpha. Liu Bingwei e Zheyu entraram juntos, entregando café aos dois que estavam discutindo. Essa cena não passou despercebida pelos funcionários que estavam do lado de fora. Xiaolu não conseguiu conter suas lágrimas e olhou com desânimo para os superiores na sala de reuniões:

— Será que eles estão falando sobre as demissões?

— Definitivamente — Dalin, sempre elegante com um rabo de cavalo preso, assentiu em acordo.

— A Huaqing vai ser adquirida dessa forma? Os programas que trabalhamos tão duro para desenvolver vão ser entregues para os outros de mão beijada. Será que o CEO pode vir a recusar? — perguntou Dashan para os dois colegas de trabalho enquanto chorava por conta do corte dos empregados de novo.

Gao Shide e os representantes do Grupo Chengyi ficaram discutindo durante toda a manhã até o horário do almoço. Em seguida, ao saírem da sala de reunião, Gao Shide foi em direção ao escritório de Yu Zhenxuan, passando o braço por cima dos ombros dele.

— Deixa eu te contar as boas novas. A companhia não vai fazer cortes nos funcionários.

— Sério?

— O vice-presidente Zhou e eu fizemos cálculos atuariais e o projeto está correndo de acordo com o planejado, o que aumentou o valor geral da empresa. Sendo sincero com você, o vice-presidente só disse aquilo para assustar.

— Então vocês estão apenas aumentando a pressão sobre todos para acelerar o progresso? — perguntou Yu Zhenxuan levantando a cabeça para olhar diretamente ao CEO.

— E também para avaliar a capacidade dos funcionários. Certamente há alguns que precisam ser discutidos, apesar do progresso até agora. No entanto, ainda há um longo caminho até os objetivos futuros da empresa. Portanto, neste período crítico, todos devem...

— Você conhece o Pei Shouyi? Qual é a relação entre vocês dois? Como se conheceram? Onde foi que se conheceram? Ele já falou sobre mim alguma vez? — questionou o Diretor de Tecnologia, interrompendo a fala de Gao Shide apenas para saber a relação entre ele e Pei Shouyi.

— Caso queira tanto saber, apenas pergunte a ele. Se Pei Shouyi quiser falar, vai te contar sem nenhum esforço.

— O Pei Shouyi sabe sobre sua relação com o vice-presidente passivo-agressivo?

Se Pei Shouyi gostasse de Gao Shide, Yu Zhenxuan desejaria felicidades ao casal. Mas obviamente o CEO estava com o vice-presidente passivo-agressivo.

"Isso não é enganar os sentimentos de Pei Shouyi? Deixá-lo no escuro sem saber de nada? Isso não é bom. Isso é muito, muito, muito, muito ruim. Se Pei Shouyi descobrir, seu coração vai doer muito, muito mesmo", pensou Yu Zhenxuan sem parar.

Ele tinha interpretado o papel de amante secreto por doze anos, então não queria que Pei Shouyi também sofresse tudo aquilo que ele sofreu. Não importava o quanto ele próprio tinha sido ferido, ele não permitiria que ninguém machucasse Pei Shouyi.

Gao Shide percebeu a raiva nos olhos de Yu Zhenxuan. Ele sabia que, se o assunto envolvesse seu primo, e se o próprio não falasse, ele não tinha o direito de interferir como observador. Então, interrompeu as perguntas persistentes do outro com seriedade:

— Zhenxuan, você é um talento muito valorizado pela empresa. Eu te respeito muito, mas isso não significa que você possa se intrometer em minha vida pessoal. Não se esqueça, ainda sou o CEO, seu chefe. — Depois que terminou de falar, colocou a pasta verde que estava em suas mãos no peito de Yu Zhenxuan e continuou: — Lembre-se de manter os olhos bem abertos.

— Filhinho, da, mamãe! — Yu Zhenxuan ficou encarando o homem que saia enquanto o xingava furiosamente.

***

No barzinho...

— Então você e Yu Zhenxuan se conheciam desde quando ele estava no ensino médio? — perguntou Gao Shide enquanto brincava com um crânio de um manequim de esqueleto que foi retirado da enfermaria da faculdade e colocado naquele estabelecimento como um souvenir.

— Aham — respondeu a pessoa ocupada lavando copos de vidro enquanto continuava seu trabalho. Gao Shide colocou a cabeça de manequim de volta e pegou o copo de bebida à sua frente, mas foi impedido pelo proprietário. — Isso é do Zhou Shuyi.

— E o meu?

— Se não fosse por você, aquela criança não teria me achado — disse Pei Shouyi com desgosto enquanto olhava de soslaio para o primo.

— Como assim?

— Ele te seguiu pra me achar.

— Yu Zhenxuan me seguiu?

— Sim, ele pensou que você e Zhou Shuyi estavam envolvidos em alguma transação prejudicial para a empresa, então te seguiu de perto sem você perceber. Mas quem diria... — Pei Shouyi ergueu o queixo do primo com desprezo e revirou os olhos, repreendendo: — Você é tão estúpido que nem faz ideia de quando está sendo seguido.

— Não é de admirar que ele olhasse para mim com o mesmo olhar que se olha para a amante do marido.

Frente a qualquer pessoa que não fosse Zhou Shuyi, Gao Shide não era alguém com o qual as outras pessoas queriam brincar; sarcástico e mordaz, não ficava para trás em relação a Pei Shouyi que tinha um distúrbio emocional.

O dono do restaurante, que foi retalhado por seu primo afiado, revirou os olhos, recolheu os dedos que estavam no queixo do outro e continuou a preparar os aperitivos para os clientes.

— Ei, o Yu Zhenxuan não é... meio esquisito?

No trabalho, ele nunca sentiu nada de anormal, afinal, Yu Zhenxuan era um gênio na área de programação. Mesmo que sua lógica, maneira de falar ou comportamento fossem um pouco diferentes das pessoas comuns, por respeito à privacidade dos funcionários, ele nunca perguntava sobre suas vidas pessoais. No entanto, sempre que se tratava de "Pei Shouyi", a reação de Yu Zhenxuan mudava completamente, tornando-se ansioso, inquieto, agitado e até com impulsos violentos.

— Dependência emocional, síndrome de Asperger, transtorno de personalidade paranoica, depressão leve com tendências autoflagelísticas. Qual você quer ouvir primeiro? — Cada vez que Pei Shouyi mencionava um distúrbio, uma nova ruga aparecia em sua testa.

— Deixa pra lá, mas você realmente o conhece bem.

— Isso porque eu o observei de perto por um ano durante o último ano do ensino médio.

— Então você largou o trabalho de médico escolar do ensino médio por causa de…

— Aqui! Por conta da casa!

Pei Shouyi colocou no balcão um coquetel chamado de "O Amante Silencioso", feito com base de uísque, licor de laranja Cointreau e suco de limão. Aquela pessoa costumava fazer isso com Gao Shide toda vez que não queria continuar com o assunto. Então, Shide pegou o copo dando um sorriso e foi em direção à parte externa do bar que estava localizada logo ao seu lado.

— Você já se reconciliou com o Gao Shide? — perguntou Shi Zheyu olhando para seu amigo de longa data da universidade e atual chefe, enquanto estavam na área externa do bar. — Você o perdoou tão facilmente? Você é muito fácil de convencer! Esqueceu como ele te tratou no início? Se não fosse por mim e Bingwei te acompanhando esses anos, você teria conseguido superar? E seu plano de vingança? Não vai continuar?

Liu Bingwei puxou discretamente a barra das calças de seu amante por baixo da mesa e, como de costume, tentou apaziguar a situação:

— Agora que Shuyi já tomou sua decisão final, vamos apoiá-lo no que for. Além disso, é melhor ser honesto um com o outro do que ficar em um ciclo vicioso de brigas. Desapegar das coisas do passado é mais generoso consigo mesmo.

— Você está dizendo que eu não sou generoso? Que sou mesquinho? — perguntou Shi Zheyu redirecionando o seu descontentamento para Liu Bingwei.

— Não é isso, os assuntos do coração devem ser decididos pelos envolvidos. Pare de se preocupar.

— Tá dizendo que na sua opinião eu sou intrometido?

— *Cof, cof.* A sua bebida acabou, vou pegar mais.

Incapaz de discutir com quem gostava, o advogado, repetidamente derrotado, teve que se levantar em pânico e deixar o campo de batalha cheio de fumaça e pólvora. Quando Liu Bingwei se afastou, Zhou Shuyi não pôde deixar de balançar a cabeça para seu amigo de universidade.

— Você não deveria ficar maltratando ele assim. Se um dia desistir de você, vai ser tarde demais para se arrepender.

Shi Zheyu, no entanto, ergueu as sobrancelhas e rebateu:

— Já ouviu falar da teoria do burro e da cenoura? Basta pendurar uma cenoura na frente do burro, e ele seguirá correndo.

Coisas que são fáceis de conseguir não são valorizadas. Por isso, ele queria manter sempre a posição de vantagem, fazendo com que o burro tonto continuasse a persegui-lo.

— Então você é o burro?

— Eu sou a cenoura, *wakaru*[20]? Muitas pessoas apenas sabem conquistar, mas não sabem dar valor.

— Não veja as circunstâncias da vida só pelo seu ponto de vista.

Gao Shide interrompeu a fala de Shi Zheyu, chegando com duas bebidas, entregou uma a Zhou Shuyi, sentou-se à sua esquerda, pegou um pedaço de frango frito do prato e sorriu para seu amante.

— Nossa, que gostoso. Quer provar um?

— Quero.

— Cuidado que está quente.

Gao Shide pegou um pedaço de frango frito e cuidadosamente deu na boca de seu namorado, Shi Zheyu fez uma expressão de que estava vomitando em protesto àquela cena de afeto que ofuscava seus olhos. Enquanto isso, Liu Bingwei aproveitou que Shi Zheyu e Zhou Shuyi começaram a conversar sobre as histórias engraçadas da universidade e levou Gao Shide para o outro lado do restaurante, aconselhando gentilmente:

— Fico feliz que voltamos aos velhos tempos, mas não desapareça de novo como se fosse nada. Você não sabe o quão triste o Shuyi ficou durante aquele tempo.

— Como assim?

Naqueles últimos dias, Gao Shide tinha pensado várias e várias vezes que havia muitas razões além dos impedimentos causados pelo pai de Zhou Shuyi. Por isso decidiu perguntar para esse amigo em comum sobre como Zhou Shuyi ficou durante os anos separados. Liu Bingwei apoiou sua mão no corrimão da sacada na parte externa e olhou para as luzes dos postes do outro lado do rio e deu um suspiro.

— Depois de você ter ido pros Estados Unidos, parecia não estar presente quando Shuyi tentava entrar em contato com você. Então,

---

20. 分かる?: Significa "Entendeu?" em japonês.

um dia ele ligou, mas o celular foi atendido por uma garota. Isso já era ruim o suficiente, mas ele decidiu ir até lá para te encontrar e acabou vendo você com uma estadunidense enquanto seguravam um bebê.

— Garota estadunidense de novo? De quem vocês estão falando? — perguntou Gao Shide franzindo a sobrancelha.

— Foi você quem estava com uma criança e ainda a abraçava junto de uma mulher. Como eu deveria saber? — rebateu Liu Bingwei sarcasticamente, dando um olhar de canto de olho para Gao Shide.

— Eu nunca estive com nenhuma estadunidense, e muito menos tive um filho.

— Não me importo se você teve ou não, o que importa é que vocês se reconciliaram, então não machuque o coração dele de novo. Shuyi passou por um período realmente difícil...

Liu Bingwei continuou falando sobre quando o amigo voltou dos Estados Unidos, ele ia todos os dias em bares para beber. O pai de Shuyi também descobriu a relação de seu filho com Gao Shide através do celular dele e acabou brigando com seu filho...

— *Você deveria saber melhor. Quando foi que se importou comigo?*

— *Aos meus olhos, você sempre será uma criança.*

— *Você realmente não sabe nada.*

— *É claro que eu sei! Eu sei de tudo!*

A briga entre pai e filho ficou cada vez mais acirrada fazendo até o guarda-costas, que estava do lado de fora, se assustar. O guarda-costas rapidamente foi até o lado de dentro surpreso, chegando a tempo de parar o pai de Zhou Shuyi de bater no seu filho para ensinar uma lição.

— Diga! A pessoa que você gosta é… Esquece. Me faz o favor de sair desta casa, além de estar proibido de ver aquela pessoa novamente! Rápido! Saia!

— Certo, mas eu quero morar sozinho.

— Não, você não pode.

— Eu disse que quero mo-rar so-zi-nho.

— Então o seu celular vai ser confiscado.

— Assim, ele se mudou do apartamento em um arranha-céu para a sua residência atual. Shuyi já estava decidido em terminar com você e nunca mais te procurar — narrou Liu Bingwei.

Em seguida, Gao Shide relembrou…

— Isso não é possível, Shuyi não diria isso. Deve haver algum mal-entendido, eu preciso falar com ele pessoalmente para esclarecer as coisas.

— Se ele não tivesse decidido terminar, teria me entregado este celular? Jovem, quando é hora de deixar ir, você deve deixar ir. Vá encontrar uma garota para ter um relacionamento normal e não venha perturbar a vida do meu filho.

Dessa forma, Gao Shide entendeu que dentro do universo do amor, quanto mais você adentrava nele, mais idiota você ficava. Ele acreditou facilmente nas mentiras fabricadas para separá-los, tão tolo a ponto de duvidar do amor de Shuyi por ele…

— Caralho! — xingou Gao Shide enquanto fechava o punho e batia contra a grade.

— O que foi?

— Nada não. E aí? O que aconteceu depois?

— Depois, houve uma disputa acionária interna no Grupo Chengyi. Os parentes de Shuyi estavam brigando intensamente, e para salvar a situação, ele não mencionou nada sobre você, só para ajudar o pai a estabilizar a empresa. Embora na superfície as coisas entre vocês parecessem ter terminado, ele sempre te guardou no coração. Caso contrário, por que insistiria em morar sozinho, se esforçando para crescer, aprender a lavar pratos, não ser exigente com comida e aprender coisas que nunca precisou antes? Tudo o que ele preparou foi para, quando você voltasse, poder viver com você, sem depender de você e até mesmo se tornar seu apoio. — Liu Bingwei fez uma pausa, olhando seriamente para o cara que ele não suportava na época da faculdade. — Shide, Shuyi realmente se importa muito com você. Eu posso dizer que nunca encontrará alguém que te ame tanto quanto ele.

Uma vez, quando Li Bingwei foi com Shi Zheyu buscar Zhou Shuyi no bar, eles viram o seu amigo chorando enquanto segurava o celular. Eles nunca haviam visto aquele homem orgulhoso em um estado tão deplorável, em prantos na frente de pessoas estranhas em um bar.

— ... — Gao Shide olhou para Liu Bingwei e permaneceu em silêncio.

Naquela época, ele estava muito ocupado durante dias e noites por conta da empresa de sua mãe, chegando ao ponto de não saber se estava acordado ou dormindo ou num estado mental bom o suficiente para receber mensagens e e-mails no seu celular. Ele só podia culpar a si mesmo por ter negligenciado os sentimentos de Zhou Shuyi. Esqueceu que o outro não era uma flor de estufa que precisava ser protegida, mas um aliado que podia lutar ao seu lado. Ele só podia culpar a si mesmo por ser excessivamente obstinado. Esqueceu que o amor não deveria carregar sozinho o peso do preconceito e das críticas, porque havia alguém que caminharia ao seu lado, cortando espinhos e removendo obstáculos juntos, enfrentando as tempestades pela frente.

Felizmente, tudo estava finalmente restaurado e Gao Shide estava reconquistando aquelas coisas que havia perdido, o seu grande amor e a felicidade que eles mereciam ter.

***

No distrito de Ximending...

Depois daquele encontro entre amigos, Gao Shide e Zhou Shuyi não estavam com vontade de voltar para casa tão cedo e também desistiram da conveniência do táxi, decidindo pegar metrô e retornando às ruas movimentadas de Taipei. Quando chegaram na estação Ximending, sem perceber, chegaram à passarela familiar. Então, Zhou Shuyi olhou para aquela rua movimentada de Taipei que passava debaixo da passarela e perguntou:

— Você se lembra deste lugar?

— Claro que eu me lembro, tinha um idiota gritando aqui...

— Calado — disse Zhou Shuyi puxando a camisa de Gao Shide antes que terminasse de falar algo embaraçoso.

— Não quer me perguntar por que eu parei de te responder do nada? E ainda tem aquela garota estadunidense do nada que eu não faço ideia de quem seja.

Por que Zhou Shuyi não perguntou para ele? Como pôde perdoar Gao Shide tão facilmente? Apesar disso, ele ainda tinha o direito de perguntar o porquê, assim Zhou Shuyi sorriu e respondeu:

— Mesmo sabendo que meu pai armou uma cilada, você foi burro o suficiente para cair nela, preferiu ser mal interpretado a se explicar. Por ser um idiota assim por minha causa, ainda posso duvidar em quê? Idiota!

— Quem é o idiota que você tá falando?

— Você, né?! — respondeu Zhou Shuyi.

Em seguida, Gao Shide o olhou desacreditado, pegando no corrimão da passarela e gritando em direção à rua movimentada que estava em baixo.

— Eu estou gritando aqui para todos ouvirem que… Zhou Shuyi ama Gao Shide! *Dai, dai, dai, daisuki! Sekai ichiban de daisuki!*[21]

— Gao Shide!

— Eu estou bem aqui! Quer fazer uma declaração ao vivo?

— Idiota.

— Aqueles que gostam de idiotas também são idiotas.

— Você é muito irritante, cara. Vou sair daqui.

— Zhou Shuyi ama o Gao Shide! *Dai, dai, dai, daisuki!*

— Vamos embora, todo mundo tá olhando.

A pessoa que estava com as bochechas vermelhas puxou a blusa da outra e desceram animadamente aquela passarela cheia de memórias, indo em direção ao "lar" deles. O amor realmente pode deixar as pessoas idiotas, mas o orgulho dos dois já havia causado cinco anos de arrependimentos. Agora que encontraram novamente a felicidade, pertencendo um ao outro, dessa vez eles só precisavam sentir o amor um do outro com o coração. Quanto aos mal-entendidos, não havia necessidade de desperdiçar palavras explicando. Além de amar um ao outro, nada mais importava.

***

Do lado de fora do bar…

— Nós vamos indo na frente, chefe!

— Certo. Vejo vocês amanhã.

---

21. だいだいだい大好き!世界一番で大好き!: Significa "Amo muito, muito, muito, muito! Que mais amo neste mundo!" em japonês, sendo que na segunda metade é utilizado propositalmente o termo "ichiban" que, sozinho, significa "número 1", dando um duplo sentido de ser o "número 1 do mundo que ele ama muito".

Depois de dispensar os funcionários, finalmente teve um momento para sentar-se, olhando para a margem do rio e as luzes da rua do outro lado. No entanto, viu Yu Zhenxuan se aproximando alegremente com uma sacola nas mãos.

— Por que está aqui?

— Vim te encontrar.

— Não cause problemas para Gao Shide.

— O filhinho da mamãe veio reclamar com você?

Pei Shouyi encarou a pessoa que se aproximava, dizendo friamente:

— Não, é só por precaução. E mais, não volte aqui amanhã. Você não é bem-vindo.

— Por quê?

Assim que escutou aquelas palavras, Yu Zhenxuan parou de dar os passos alegres, pois não entendia o porquê de ter sido bem-vindo no dia anterior, mas não ser mais no dia seguinte.

— Quando larguei o meu trabalho na escola, eu não queria te ver mais, porque você me faz sentir... — Pei Shouyi desviou o seu olhar que estava na pessoa, franziu as sobrancelhas e continuou: — Extremamente irritado!

— Eu posso ficar longe de você, sem te incomodar.

Yu Zhenxuan tentou sugerir uma forma de ficar com Pei Shouyi, mas quando se deu conta do que o outro estava fazendo, percebeu que ex-médico estava o entregando um cartão de visitas que havia retirado do bolso de sua blusa dizendo:

— Essa é uma clínica de acompanhamento psicológico que um amigo acabou de abrir. Acho que você deveria procurar ele.

— Eu não tô doente! — Yu Zhenxuan rosnou alto aquelas palavras.

— Não está doente? Depois de todos esses anos me procurando, e quando finalmente me encontra, vai continuar sendo como antes, incapaz de me deixar em paz. Isso não é estar doente?

Ou você já planejou como vai me amolecer? Quando era adolescente, eu podia te considerar um garoto travesso, mas com vinte e nove anos, você é um louco.

— Eu não sou louco! Não sou!

As mãos penduradas ao lado do corpo se apertaram com força, mas ele ainda se lembrava das palavras de Pei Shouyi que o advertiam a "não perder a cabeça", sem se permitir soltar emoções incontroláveis sobre os outros ou sobre si mesmo, como doze anos atrás. Ele se lembrava disso… Ele se lembrava de tudo.

— Não bata nos outros!

— Não fique xingando!

— Não perca o controle!

— Não se machuque!

Ele se lembrava de tudo, absolutamente tudo. Mas por quê? Por que ele tinha obedecido a todas as regras, e ainda assim essa pessoa dizia que ele era louco? Ou seria como doze anos atrás, prestes a abandoná-lo novamente?

— …

O coração de Pei Shouyi doeu com intensidade. Como alguém com um distúrbio emocional, ele não deveria estar sentindo essas emoções. Menos ainda deveria entender a dor e as expectativas nos olhos da outra pessoa. Yu Zhenxuan estava doente, e ele também. Eles não eram como metades de um círculo incompleto encontrando a peça perdida. Eram dois círculos severamente danificados, destinados a rolar solitariamente no mesmo lugar.

— Eu não sou louco… — disse Yu Zhenxuan desfazendo os punhos cerrados em um tom depressivo enquanto se defendia uma última vez.

— Então suma da minha frente.

Logo depois que disse aquelas últimas palavras, o rosto que não demonstrava nenhum sinal de emoção apenas virou-se em direção às escadas e saiu daquele lugar.

***

No escritório da Huaqing Tecnologia...

Gao Shide recostou-se na cadeira, olhando para outra pessoa no escritório. A luz do sol da tarde passava pelas janelas de vidro, iluminando o interior. Ele olhava distraidamente para a pulseira de compromisso recolocada em seu pulso direito e para o rosto bonito de seu namorado.

— Ficou hipnotizado pela minha beleza? — Sentindo um par de olhos o observando, Zhou Shuyi colocou o tablet em cima da mesa e olhou para a pessoa que estava sentada atrás da mesa de escritório, sorrindo.

— Sim!

— Eu estava te zoando.

— E eu estava falando sério.

— O que você tá fazendo? — perguntou Zhou Shuyi mudando de assunto envergonhadamente após a resposta sincera demais.

— Respondendo os e-mails de fornecedores.

— *Pff.*

— Do que você tá rindo?

— Nada, só me lembrei de quando você ia para os Estados Unidos e eu pedi para você escrever um e-mail para mim todos os dias. Foi um pouco infantil, ainda bem que você não escreveu.

— Eu escrevi — disse Gao Shide seriamente depois de ter olhado surpreso para a outra pessoa.

— Como é possível? Não recebi nada. — Zhou Shuyi entregou o tablet que estava segurando, mostrando a caixa de entrada de e-mails: — Olha.

— Mas eu mandei.

Rapidamente Gao Shide se movimentou para abrir sua caixa de entrada. Achando aquilo tudo muito esquisito, Chou Shuyi foi até o outro lado da mesa de escritório e ficou ao lado do namorado, olhando para a tela do computador juntos.

— Todos enviados.

— É verdade!

Zhou Shuyi olhou novamente para sua caixa de entrada vazia e em seguida para Gao Shide, eles falaram ao mesmo tempo:

— Seu pai!

— Meu pai?

Naquela hora, tudo fez sentido e a verdade veio à tona. Descobriram que um certo parente não interferiu apenas no acordo de cinco anos e nos celulares, mas também interceptou as correspondências trocadas entre eles.

— Eu não vou jantar com ele por um mês — decidiu-se Zhou Shuyi irritado, mas foi interrompido por Gao Shide, que sorriu amargamente, tentando evitar mais conflitos com o pai de Shuyi.

— Não faça isso. Se você realmente ignorar seu pai, ele vai me odiar ainda mais.

— Então... — Zhou Shuyi que ainda estava relutante piscou de maneira travessa. — Eu posso secretamente te ajudar a dar um jeito no meu pai.

— Bem, me parece uma boa ideia.

— *Atchim!* — Em algum lugar, um certo presidente, que estava em uma reunião com os executivos da empresa, espirrou com força na frente dos funcionários. Em seguida, o pai de Zhou Shuyi coçou o nariz intrigado, sentindo um mau pressentimento.

* * *

No meio da noite, dentro de um escritório escuro como breu, a tela de um computador se iluminou de repente. Várias janelas apareceram na tela, e o cursor, sem controle humano, navegou pelo monitor antes de selecionar uma determinada pasta, roubando os dados armazenados no computador.

Na manhã seguinte, os funcionários entraram na empresa e bateram ponto como de costume, mas ao ligarem seus computadores, perceberam algo estranho. Xiaolu ficou encarando a tela do computador e virou para perguntar à colega mais experiente sentada ao seu lado:

— Veterana Dalin, está conseguindo entrar no sistema?

— Não estou. E quanto a você, Shanzhi? — perguntou Dalin para o outro engenheiro sentado atrás dela, após ter balançado a cabeça em negação para a pergunta da novata.

— Não consigo também, não importa o quanto eu tente, sempre me desconecta. — Shanzhi olhou para o escritório de Yu Zhenxuan e perguntou em voz alta: — Diretor de Tecnologia, e você?

Mas Shanzhi viu o chefe técnico agachado na cadeira fazendo um gesto de X com as mãos, indicando que ali tinha o mesmo problema. Um clima de confusão se espalhou rapidamente pelo escritório e, cerca de vinte minutos depois, Gao Shide finalmente foi até os funcionários e explicou a situação atual para todos:

— Ontem à noite, houve registros anormais nos servidores. Alguém invadiu os computadores da empresa e roubou o Alpha.

— Eu já relatei tudo para a polícia e acredito que poderemos encontrar o endereço de IP logo. Para evitar problemas desnecessários, por favor, não divulguem informações. Em breve emitiremos um acordo de confidencialidade para todos assinarem — continuou a explicar Zhou Shuyi.

Depois de um tempo, Gao Shide pegou o celular para falar com o policial especialista em telecomunicações:

— Alô? Sou eu. A investigação acabou? Então…

Com o olhar surpreso, lentamente virou-se para Yu Zhenxuan, parado na porta com painéis de vidro, esperando para ouvir as últimas notícias. Ele pensou que Gao Shide estava olhando para outra pessoa, então virou a cabeça para trás para olhar para a parede atrás dele. Quando percebeu que não havia ninguém lá, rapidamente virou seu rosto de volta. No entanto, Yu Zhenxuan percebeu que não só Gao Shide estava olhando para ele, mas Zhou Shuyi, o Diretor Jurídico e o Assistente Especial do Grupo Chengyi e todos os outros funcionários da Huaqing Tecnologia, estavam o encarando, incrédulos…

Capítulo 5

Quem estaria disposto a ficar ao seu lado no final?

Doze anos antes…

— *Porra! Não corre!*

— *Droga! Para de correr se tiver coragem!*

Um estudante vestindo uniforme azul e camiseta preta corria desesperadamente pelo beco enquanto dois homens de preto o perseguiam, gritando palavrões. O garoto olhou para trás com medo, medindo a distância entre ele e os perseguidores, mas sem perceber o que estava à frente. Em um descuido, ele colidiu diretamente com alguém que estava saindo do beco – **TUM!**

Ele levantou a cabeça em pânico, ofegando, olhando para o dono do peito na qual tinha acabado de colidir. A ferida na parte direita de seu rosto ainda estava sangrando incessantemente. Os rugidos se aproximando gradualmente por trás não lhe deram tempo para hesitar. Assim, contornou rapidamente o estranho à sua frente e mergulhou em um beco estreito, continuando sua fuga.

Pei Shouyi observou a figura distante se afastando, pegou a sacola preta que tinha caído no chão quando o menino colidiu consigo. Ele mal se levantou quando os dois homens de preto que estavam perseguindo o menino pararam diante dele, perguntando com uma intensidade maliciosa:

— *Ei! Você viu um moleque usando uniforme?*

Pei Shouyi não se deu ao trabalho de responder, apenas virou o rosto na direção oposta, levantando o queixo em sinal.

— *Caralho!* — Depois de xingarem, os dois se viraram e correram na direção errada.

No beco, o menino se escondeu atrás de um canto, espiando até que os bandidos desaparecessem. Então, finalmente relaxou, encostando as costas na parede descascada, deslizando lentamente para baixo até ficar agachado sobre a tampa de concreto de um bueiro. De repente, um casaco foi colocado sobre si. Ele se levantou alerta, virando-se como um cão de rua assustado que mostrava os dentes para todos rosnando, recuando dois passos e gritando para o estranho com quem ele tinha acabado de colidir.

— *Vai embora!*

Pei Shouyi pegou o casaco que havia caído no chão por conta de o garoto ter levantado de repente e puxou o bordado azul que ficava na região do peito da blusa do garoto para confirmar o nome da escola, assim percebeu que pertencia ao mesmo local onde ele trabalhava. Em seguida, franziu as sobrancelhas e pegou a mão esquerda do garoto para que pudesse tirá-lo daquele lugar perigoso. No entanto, o estudante não entendeu o que Pei Shouyi estava tentando fazer e acabou pensando que estava o levando de volta para os valentões ou o levando para uma delegacia onde entrariam em contato com sua família para que pudessem buscá-lo.

"Não! Eu não quero!", ele não queria mais causar problemas para a avó, não queria mais ver o rosto dela chorando e se desculpando na delegacia quando o levasse de volta para casa. Então lutou com firmeza para se libertar do aperto em seu pulso, mas o homem era mais forte, afinal era um adulto. Precisou abrir a boca e morder com firmeza o braço direito do homem com os dentes afiados.

— *Ai!*

Pei Shouyi não estava esperando aquilo acontecer e depois de gritar de dor, sua reação foi tentar derrubá-lo no chão, mas quando viu aqueles olhos cheios de medo e cautela, decidiu soltar a mão do menino e o olhou com mais serenidade. Só quando o estudante teve certeza de que não iria machucá-lo é que lentamente soltou os dentes do braço e o médico levou a criança ferida de volta para a escola.

Aquelas memórias eram como fotos antigas numa estante de livros. Embora elas ficassem amareladas com o tempo, as imagens que permaneciam lá pareciam novas sempre que se abria o álbum... "Pei Shouyi, naquele momento você deve ter sentido muita dor!"

Yu Zhenxuan estava sentado no banco comprido da delegacia, vestindo o eterno suéter de malha cinza. Sua mão esquerda estava algemada ao braço de aço inoxidável da cadeira, enquanto ele segurava os joelhos e recordava-se do primeiro encontro com aquela pessoa. Naquela época, ele tinha irritado bandidos e estava sendo perseguido. Se não fosse por Pei Shouyi, ele provavelmente teria sido espancado até a morte naquela ruela e nunca teria chegado até os dias atuais.

Desde o momento em que foi ajudado pelo médico, seus olhos só conseguiam vê-lo. Antes, seu mundo era apenas sua avó, que o amava tanto, mas de repente apareceu uma pessoa que não o chamava de idiota, não o menosprezava por sua falta de jeito, e até pacientemente o ajudava com suas lições e a controlar suas emoções. A partir daí, seu mundo se encheu de cores bonitas. E ele, como a Lua que orbita a Terra, girava em torno daquela pessoa sem controle.

— Senhor Liu, Yu Zhenxuan é apenas um suspeito no momento. Vocês podem ir embora, mas precisamos da sua assistência na investigação do crime cibernético. Aqui estão alguns documentos que precisamos que você assine.

— Sem problemas.

Do outro lado da delegacia, um jovem policial explicava a situação do caso ao advogado de Yu Zhenxuan. Liu Bingwei acabara de tirar uma caneta do bolso esquerdo do paletó para assinar os documentos, e o canto onde o banco estava emitiu o som de um choque metálico. O policial, que já havia sido incomodado várias vezes, levantou-se novamente e foi em direção ao canto da delegacia e olhou para o suspeito que já estava desalgemado, mas que se recusava a ir embora.

— Senhor Yu, este é um departamento de polícia, não um hotel. Você pode ir embora. Persistir assim está nos causando problemas... Senhor Yu? Senhor Yu? Você está me ouvindo?

— ...

No entanto, a pessoa sentada no banco apenas segurou os joelhos com mais força, encolhendo-se no canto da parede como se apenas assim pudesse sentir alguma segurança.

"Ficar aqui algemado pode ser uma forma de me prevenir de ir atrás do Pei Shouyi sem parar e também não quero ver aqueles olhos, que uma vez foram gentis, me olharem cheios de desprezo", pensou Yu Zhenxuan remoendo aquilo que mais doía em seu coração.

***

No escritório da Huaqing Tecnologia...

— Você acha que Yu Zhenxuan roubou o Projeto Alpha? — perguntou Zhou Shuyi sentado numa poltrona cinza enquanto olhava para a pessoa atrás da mesa de escritório.

Gao Shide balançou a cabeça, respondendo com seriedade:

— Não, com suas habilidades, mesmo se ele roubasse o programa, não seria detectado. Jamais conseguiríamos rastreá-lo apenas pesquisando múltiplos IP.

— Então quem mais seria afinal de contas?

— Embora tenham invadido o sistema da empresa remotamente, não há sinais de que nossa proteção de segurança tenha sido danificada por um vírus. A única possibilidade é que alguém tenha intencionalmente colocado uma *backdoor* ao trabalhar no Alpha, permitindo que o programa fosse roubado diretamente por essa via.

— Você quer dizer… — Shi Zheyu, que também era do departamento de TI, entendeu imediatamente e perguntou a Gao Shide:

— Temos um traidor entre nós?

Os outros dois no escritório levantaram simultaneamente o dedo indicador aos lábios, e Gao Shide apontou para a porta propositalmente deixada entreaberta, indicando que o raciocínio anterior tinha sido intencionalmente feito para que "alguém" ouvisse.

Após o fim do intervalo do almoço, Gao Shide saiu do escritório e dirigiu-se aos funcionários desanimados com palavras de encorajamento:

— Sei que todos estão muito deprimidos por causa do roubo do Alpha, mas eu jamais diria aquelas baboseiras tipo "tempestades geram confiança".

— Você acabou de dizer.

Zhou Shuyi, encostado na mesa ao lado, comentou com um sorriso, e os funcionários ao redor não conseguiram segurar a risada. A conversa descontraída aliviou um pouco a atmosfera pesada que pairava na empresa desde que Yu Zhenxuan fora levado pela polícia. Gao Shide sorriu para o seu namorado e voltou o seu olhar para os empregados novamente, apontando para sua própria cabeça.

— Ainda não é hora de desesperar. Felizmente, o que foi roubado foi apenas o sistema básico. O código-fonte principal está aqui. Sei que recuperar todo o código será difícil, mas acredito que todos aqui são extremamente competentes e conseguiremos completar a tarefa antes do prazo final, superando esta dificuldade.

— É realmente revoltante que o programa em que todos trabalharam tão arduamente tenha sido roubado pelo Diretor de Tecnologia. CEO, o que você disser, eu farei — disse Dalin de rabo-de-cavalo cruzando os braços.

— Exatamente, vamos todos fazer o que o CEO falou — concordou Yi Mian em seguida.

— Em nome da companhia, eu gostaria de agradecer a todos aqui — concluiu Gao Shide ao fazer uma profunda reverência aos funcionários.

— O pagamento de horas extras será dobrado e, após a conclusão, bônus adicionais serão concedidos de acordo com o progresso de cada equipe — anunciou Zhou Shuyi se aproximando dos funcionários.

O escritório foi tomado por risadas alegres e aplausos entusiasmados, exceto por Shanzhi, que estava apoiado no queixo, perdido em pensamentos.

Nos dias seguintes, os funcionários da Huaqing Tecnologia se dedicaram intensamente ao trabalho extra. Alguns trouxeram sacos de dormir, transformando a empresa em sua casa, trabalhando dia e noite para corrigir o programa.

— Bem, esta é a situação atual da correção do Alpha. Embora tenhamos avançado muito graças aos nossos esforços, ainda não podemos relaxar. Vamos revisar o progresso de cada equipe uma última vez para facilitar a entrega de amanhã. Yi Mian, sua equipe não deve ter problemas. — Gao Shide ficou na frente de uma lousa branca, coordenando o progresso atual.

— Sem problemas.

— Dalin, e quanto a você? Registrou os problemas encontrados? — Gao Shide estava em pé diante do quadro branco, resumindo o progresso atual.

— Sim, mas ainda há alguns problemas em alguns pontos…

— A janta chegou.

A discussão foi interrompida por uma voz, e Liu Bingwei entrou carregando duas grandes sacolas de lanches para recompensar os funcionários pelo trabalho árduo. Zhou Shuyi também pegou um pouco daquela comida e levou até o lado de Gao Shide.

— Coma alguma coisa. Você não comeu nada o dia todo.

— Pode comer primeiro.

— Ei! Você sempre se preocupa se estou comendo na hora certa, mas quando é sua vez, você não se importa.

— Mas eu realmente não estou com fome.

— A não ser… — Zhou Shuyi prolongou a última sílaba e olhou ao redor secretamente. Depois de se certificar de que ninguém estava olhando para eles, abaixou a voz e completou: — …que eu te dê a comida na boca?

— Para de gracinha. — Gao Shide não conseguiu resistir a dar um sorriso depois daquela proposta, pois sabia que seu namorado apenas queria aliviar as tensões.

— Se você não quer que eu faça gracinha, coma obedientemente a sua comida.

— Como desejar, vice-presidente Zhou. — Os dois se olharam com um sorriso doce, pois não importava a dificuldade ou o quão cansados estivessem, contanto que ficassem juntos, eles sempre estariam felizes.

À noite, no escritório, os funcionários estavam espalhados, adormecidos. Se não fosse pela placa da empresa de tecnologia, poderia ser confundido com o set de filmagem de um filme de zumbis.

— Já consegui lidar com a matriz, mas ainda há alguns diretores que estão de olho na situação da Huaqing.

Com a chegada da manhã, Zhou Shuyi estava deitado na poltrona do escritório do CEO, ouvindo o relatório de Shi Zheyu, com as mãos cruzadas atrás da cabeça, e disse friamente:

— Arranje alguns problemas para as empresas que eles gerenciam, desvie a atenção deles. — Ele protegeria aqueles que amava, mesmo que fosse de parentes de sangue.

Enquanto isso, Gao Shide, que estava lutando ao lado dos engenheiros, havia acabado de terminar o processo daquele dia. Em seguida, prontificou-se de liberar todos os empregados restantes para os deixarem voltar às suas casas.

— Vamos até aqui por hoje. Estão liberados para irem pra casa e descansarem.

— Está tudo bem, eu aguento por mais um tempo — disse Shanzhi balançando a cabeça em negação. Suas olheiras estavam tão grandes que quase chegavam ao seu nariz.

— Você trabalhou tantos dias seguidos, precisa descansar bem. A próxima parte é minha responsabilidade.

— Está bem então, chefe, boa sorte. Vou indo.

Os funcionários começaram a sair um por um, e apenas a sala do CEO continuava iluminada. Gao Shide foi até o armário no canto, pegou algo embalado em um envelope de papel pardo e colocou em sua pasta. A porta de vidro fosca foi aberta suavemente.

— Por que você voltou tão cedo? Como foi o jantar? — perguntou Gao Shide preocupado, olhando para a pessoa que deveria estar jantando com os diretores e que saiu no meio da refeição.

— A mesa estava cheia de pratos, mas todos com segundas intenções. Só de olhar para eles perco o apetite. E antes das eleições do conselho no próximo ano, ainda há muitos desses banquetes traiçoeiros — explicou Zhou Shuyi, dando um grande suspiro depois de se jogar na cadeira reclinada, exausto.

— Você trabalhou duro. Apoie-se em mim, vai se sentir melhor. Se você não conseguiu comer no jantar, posso preparar um lanche para você — ofereceu Gao Shide em um tom suave enquanto sentava ao lado de seu namorado e gentilmente posicionava o ombro para que o outro pudesse se apoiar.

Sem pensar duas vezes, Zhou Shuyi colocou todo o seu peso no ombro do namorado, afrouxou a gravata de seu pescoço e deu um longo suspiro novamente.

— Sei que tenho que assumir a posição de presidente do Grupo Chengyi, não só pelo meu pai, mas por mim.

— Eu sei. Você tem lutado pelo primeiro lugar desde criança, apenas para provar que tem a habilidade de alcançar o sucesso.

— No final, você arruinou isso.

— Mas você terá o melhor subordinado. Depois da transição, eu posso... — contou Gao Shide seu plano enquanto sorria. O plano dele era de se tornar o assistente mais poderoso de seu namorado, ajudando a realizar o maior sonho de Zhou Shuyi. No entanto, ao ter escutado aquela revelação, Shuyi levantou-se da cadeira e franziu as sobrancelhas.

— Eu não quero te prender, você pode fazer o que quiser.

— Mas o que eu quero é estar ao seu lado. Não importa o quão alto você chegue, sempre estarei com você.

— Não me oponho a você ficar comigo, mas... precisa ficar tão perto assim? — falou Zhou Shuyi indo até seu namorado e colando seu rosto em seu pescoço. O calor que vinha da fala de seu amor fez Gao Shide corar.

Lembrando o que leu na internet, sobre como o caractere chinês para "pessoa" (人) parece duas linhas se apoiando mutuamente, compreendeu que cada pessoa precisava do apoio dos outros para fortalecer seu coração e enfrentar as dificuldades à frente.

— Viu? Não carregue tudo sozinho, não se esqueça de que eu estou aqui.

— Certo.

Um beijo gentil foi dado nos lábios de Gao Shide, que era seu apoio; mas ele também era o apoio de Shide. Felizmente, eles se reencontraram e redescobriram o melhor parceiro de todos. No severo mundo profissional, independentemente das lutas que enfrentassem, juntos não havia obstáculos que não pudessem superar.

***

No dia seguinte…

Finalmente, o último programa foi corrigido, mas Zhou Shuyi já estava profundamente adormecido no sofá. Deitado no sofá, ele estava sem os sapatos, coberto com o paletó do outro, parecendo um gatinho encolhido, enchendo o coração de Gao Shide com uma sensação doce e reconfortante, como se estivesse cheio de marshmallow. Relutante em acordar o amante adormecido, Gao Shide cuidadosamente pegou o peso não tão leve do seu parceiro e o levou até o carro, dirigindo de volta à sua casa. Depois, carregou-o nas costas, entrou no apartamento e seguiu até o quarto. Ele havia feito tudo aquilo de bom grado, no entanto, mal tinha aberto a porta, ouviu a voz do pai de Zhou Shuyi.

— Shuyi! *Okaeri*[22]! — O pai de Zhou Shuyi correu animado para receber seu filho querido, mas viu que ele estava sendo carregado por aquele sujeito desagradável.

— … — Gao Shide não estava esperando ver uma pessoa naquele lugar e em seguida desviou o olhar pelo sentimento de culpa que tomava o seu corpo.

Por conta da raiva, o pai de Zhou Shuyi quebrou os palitos de massa frita que estavam em sua mão, mas ao notar que seu filho estava tão cansado que não conseguia responder, aceitou uma trégua temporária. Ele pegou os sapatos que estavam na mão de Gao Shide e o deixou levar seu filho precioso para o quarto no segundo andar. Lá dentro, colocou cuidadosamente seu namorado deitado na cama e o cobriu com um cobertor, mas em seguida Gao Shide percebeu que estava com suas roupas amarrotadas e achou melhor se preparar para a próxima batalha de negociação com aquele senhor.

Assim, Gao Shide foi até o banheiro e abriu o chuveiro, deixando a água morna correr pelo seu rosto e corpo por um tempo. Após o banho, vestiu uma roupa limpa e passada, pegou os papéis do envelope preparado em sua pasta, desceu as escadas e se dirigiu ao homem de meia-idade sentado à mesa de jantar, fazendo uma profunda reverência ao pai de seu namorado.

— Peço desculpas por não cumprir o acordo de não encontrar o Shuyi antes do tempo. — Gao Shide pegou os papéis e espalhou os documentos na mesa um por um. — Estes são os dados da empresa que abri nos Estados Unidos, propriedades, bens móveis, cadernetas de poupança e meu testamento. Além da parte

---

22. お帰り!: Significa "Bem-vindo de volta!" em japonês, uma forma tradicional de receber alguém que volta.

legalmente devida da herança, tudo será destinado ao Shuyi no futuro. Sei que isso ainda não atinge seus padrões, mas isso é tudo o que eu tenho.

— *Cof, cof, cof...* — O pai de Zhou começou a tossir, engasgado com o leite de soja, ao ouvir a palavra "herança" e continuou: — Você acha que pode me comprar para casar com o meu filho?!

— Não, este é o meu "dote".

— Há! Você nunca vai conseguir entrar na minha família.

Gao Shide puxou uma cadeira e sentou-se em frente ao homem. Sem a culpa de antes, ele mostrou sua verdadeira natureza, confiante e determinado, dizendo:

— Então só resta ao Shuyi entrar na minha casa. Minha mãe e meu padrasto o acolherão de braços abertos.

— *Kusogaki.*[23] — O pai de Zhou puxou um lenço de papel e limpou a oleosidade dos dedos, não conseguindo evitar murmurar um xingamento em japonês.

— Cinco anos atrás, eu cedi para não colocar o Shuyi em uma posição difícil. Só não esperava que isso o deixasse ainda mais triste. Para não machucar a pessoa que mais amo com minhas ideias equivocadas, desta vez vou enfrentar você com ele.

— Você acha que pode? — disse o presidente do Grupo Chengyi, dando uma risada fria ao jovem à sua frente, fingindo não entender a ameaça implícita em suas palavras.

— Tio, eu estou mais preocupado com você, pois você estará contra o Shuyi, e é bem provável que ele vá te odiar.

— Isso é uma ameaça?

— Não, apenas uma análise dos fatos. Ainda nem vou me dar ao trabalho de falar sobre a conta de e-mail.

23. クソガキ: Significa "Desgraçado" em japonês.

Não apenas forçou um acordo de cinco anos, mas também interferiu para que nenhum dos dois recebesse os e-mails um do outro, causando uma série de mal-entendidos posteriores. É como dizia o ditado: "a pessoa mais próxima é aquela que tem a maior capacidade de soprar o vento que atiça o fogo", ou seja, não seria impossível que o gatinho deixasse algumas cicatrizes no coração do gato velho.

— Seu ingrato! — A ameaça fez aquele velho, que amava cegamente seu filho, explodir. Em seguida, Gao Shide decidiu aproveitar a oportunidade da linguagem inadequada do pai de Zhou Shuyi para refutar.

— Isso conta como admitir que sou seu filho, *otousan*[24]?

— *Dare ga otousan tte ite ita?*[25] — revidou o pai de Zhou Shuyi que estava tão irritado que deu um tapa na mesa e xingou. Então, logo depois, levantou-se da cadeira para apontar na direção do jovem em sua frente e o ameaçou: — Não pense que eu não sei sobre o que aconteceu na Huaqing. Se você não resolver isso direito, nem a unha do meu filho você terá.

— Muito obrigado. Não irei decepcioná-lo. — Gao Shide reverenciou em um sinal de agradecimento por tê-lo aceitado. Depois, pegou o palito de massa frita que o pai de Zhou Shuyi comprou para agradar seu filho e disse: — Vou levar comigo, Shuyi ama comer isto.

— Seu…!

O homem de meia-idade queria xingar aquele jovem, mas estava com medo de acordar o seu bebê que estava dormindo, por isso, conteve a explosão de raiva e ficou observando o maldito

---

24. お父さん: Significa "pai" em japonês formal. Na cultura chinesa, é comum que se chame o sogro de pai e o cônjuge seja como um filho.

25. 誰がお父さんっていていた: Significa "Quem disse que sou seu pai?" em japonês.

que estava levando os pães que ele havia comprado para o segundo andar.

***

Alguns dias depois…

— Agradeço a todos por trabalharem incansavelmente dia e noite e por se apoiarem mutuamente. Finalmente, o Alpha foi concluído conforme o planejado, incluindo a integração dos programas mais difíceis. Nós somos os melhores.

— UHUL! — O escritório da Huaqing ecoava com os aplausos de celebração.

— Os bônus serão depositados em suas contas no próximo mês junto dos salários. Obrigado por salvarem a Huaqing.

Depois dos agradecimentos de Gao Shide, Zhou Shuyi também se aproximou dos funcionários e fez uma profunda reverência à equipe que havia trabalhado arduamente nos últimos dias. Inicialmente desconfiados dos representantes do Grupo Chengyi, os funcionários, após compartilharem esses momentos de dificuldade, deixaram de lado seus preconceitos e aplaudiram calorosamente.

— Para celebrar, convido todos para comer.

— Aí, sim! Banquete! Banquete!

— Obrigado, CEO.

— O CEO é o melhor!

Então, todos cercaram o CEO, que disse que levaria todos para um restaurante próximo à empresa para começar a festa de celebração. Apenas uma pessoa, aproveitando-se da distração dos outros, silenciosamente voltou para o escritório do CEO, inseriu um pendrive no computador e começou a baixar os dados armazenados no servidor.

— Já terminou o download? — A porta de vidro fosco foi empurrada para dentro, e Gao Shide entrou em seu escritório com uma expressão séria, olhando para o traidor do caso do roubo do Alpha... Dalin.

— CEO? — Os dedos de Dalin, que seguravam o pendrive, tremiam incontrolavelmente, enquanto tentava manter uma expressão inocente e forçava um sorriso. — Só lembrei que havia algo que eu ainda não tinha resolvido, então usei o computador, não estava baixando nada.

Gao Shide permaneceu parado na porta, olhando Dalin com seriedade.

— Você é muito inteligente, usando o trojan Dridex para atacar o sistema operacional Windows. Sabendo que Shanzhi planejava viajar com sua esposa, você disfarçou o Dridex como um arquivo comum do Word ou Excel usado no escritório, enviando-o para sua caixa de correio através de e-mail. Quando ele abriu o anexo que parecia ser um anúncio de pacote de viagem, seu computador foi infectado pelo trojan Dridex. Assim, você conseguiu hackear com sucesso o computador dele, roubando o Projeto Alpha remotamente, sem ao menos ter tocado naquele computador — explicou Gao Shide.

— Sou membro da equipe de desenvolvimento do Alpha, por que faria isso? Além disso, o CEO viu nos últimos dias que eu estava trabalhando incansavelmente para corrigir os programas. Se realmente quisesse roubar dados, por que me esforçaria tanto para cumprir os prazos? — refutou Dalin as declarações feitas por Gao Shide enquanto tentava manter o sorriso em seu rosto.

O rapaz encarou Dalin diretamente, desmascarando suas mentiras:

— Porque você ainda não tinha uma peça do quebra-cabeça, e essa peça que você precisava era justamente a parte que eu sozinho era responsável por desenvolver e corrigir.

Para evitar vazamentos, programas importantes de empresas de tecnologia eram sempre projetados por mais de um engenheiro. O código do Alpha seguia o mesmo princípio, com cada membro da equipe responsável por uma parte específica, semelhante a peças de um quebra-cabeça distribuídas entre diferentes pessoas. Portanto, mesmo uma funcionária experiente como Dalin não poderia acessar as peças de quebra-cabeça de outras pessoas em condições "normais". Por isso, o que ela precisou fazer era quebrar o "normal" e implantar um "acidente" que obrigasse os outros a entregar as peças do quebra-cabeça para ela.

— Você já ouviu falar no caso de roubo do *Société Générale* de 1976?

— ... — Dalin ficou perplexa, sem entender por que o CEO estava mencionando um roubo a banco. No entanto, à medida que ele falava, ela começou a se sentir cada vez mais culpada, pois Gao Shide estava descrevendo exatamente o método que ela usou para roubar o Alpha.

No ano de 1976, o *Société Générale* foi roubado e a mente por trás foi um livro de Robert Borrock chamado "Vazamento: Como Roubar um Banco", que retratava uma invasão no interior de um banco pelo sistema de esgoto. Os criminosos se aproveitaram da tradição do Dia da Bastilha em 14 de julho, na França, no qual fogos de artifício são tradicionalmente usados em celebrações, para encobrir o som das ferramentas enquanto abriam os cofres, conseguindo roubar uma grande quantidade de joias e objetos valiosos guardados dentro deles.

— O roubo do Alpha foi como você intencionalmente soltou os fogos de artifício e aproveitou a pressa de todos em reparar os danos, ajudando seus colegas a alcançarem seus objetivos, conseguindo assim as peças do quebra-cabeça que estavam nas mãos de outras pessoas. É uma pena que você ainda precise da última peça do quebra-cabeça para obter o Alpha completo. No entanto, eu só uso os computadores deste escritório durante o desenvolvimento ou reparo, então se você quer pegar as peças que estão em minhas mãos, teria que arriscar, aproveitando os momentos em que não há ninguém no meu escritório para baixar os arquivos pessoalmente.

— Desculpe, com licença.

Do lado de fora do escritório, uma voz desconhecida foi ouvida e, em seguida, policiais uniformizados entraram no escritório, algemando Dalin.

Gao Shide olhou para o rosto de Dalin e perguntou calmamente:

— Valeu a pena?

No entanto, a mulher algemada não respondeu, seguindo silenciosamente os policiais de volta à delegacia para o interrogatório. Quando os outros funcionários voltaram do restaurante, felizes após a festa de celebração, ficaram sabendo de toda a situação através do CEO.

— Não posso acreditar que foi a Dalin — disse Xiaolu olhando surpresa para o lugar vazio da colega.

— CEO e todos, me desculpem, não percebi que meu computador foi hackeado. — Shanzhi, cujo computador foi infectado com o trojan Dridex, se desculpou com os colegas, desolado.

— Você não avisou que não iria ter mais cortes nos funcionários? Por que ela roubaria o programa? — perguntou Shi Zheyu, que havia acabado de retornar à companhia com o resto dos empregados, para Zhou Shuyi.

— Talvez alguém tenha oferecido muito dinheiro para ela fazer isso — respondeu Zhou Shuyi, inexpressivo. Ele tinha visto muitas situações como essa desde pequeno, por isso não conseguia confiar facilmente nas pessoas.

— Onde está Bingwei? Ele já trouxe o Yu Zhenxuan de volta? — perguntou Gao Shide a Shi Zheyu sobre o advogado que havia ido para a delegacia de manhã cedo.

— Ele disse que não importa o quanto tente persuadir o Yu Zhenxuan, ele se nega a sair de lá.

— Parece que teremos que chamar reforços. — Então, suspirando com um sorriso amargo, ele pegou o telefone e ligou para alguém.

***

Na delegacia...

Assim que Pei Shouyi entrou na delegacia, viu Yu Zhenxuan sentado e encolhido em um banco do canto, sem fazer um movimento. Ele parecia um cachorro de rua, tremendo de frio, insistindo em esperar no lugar onde foi deixado, aguardando o dono que o abandonou.

— *Eu não sou louco!*
— *Então suma da minha frente.*

— ...

Ao ver a mesma expressão no rosto de Yu Zhenxuan de doze anos atrás, Pei Shouyi sentiu uma dor intensa no peito, como se um buraco se abrisse em seu coração. Durante o tempo em que estiveram separados, ele constantemente olhava ao redor, mas até o final do expediente, nunca via a figura que sempre costumava segui-lo. Havia algumas coisas que ele precisava esclarecer com aquele garoto. Porque o verdadeiro "Pei Shouyi" não valia a pena para Yu Zhenxuan continuar esperando.

人犯戒護區

Capítulo 6

Vestígios de batimentos cardíacos que não podem ser mais escondidos

Doze anos atrás...

— Some daqui!

Yu Zhenxuan estava sentado debaixo da grande árvore ao lado do playground, abraçando os joelhos. Quando viu alguém se aproximando, levantou-se e gritou imediatamente. Mas quando a pessoa realmente se afastou, ele se sentou de volta no chão, abraçando os joelhos com uma expressão abatida, totalmente sozinho.

Alguns minutos depois, a pessoa que havia saído voltou com uma caixa de primeiros socorros, sentou-se no degrau de cimento ao lado da árvore, abriu a caixa e pegou um cotonete e iodo. Sem se importar se ele queria ou não, a pessoa levantou sua cabeça com firmeza usando os dedos e aplicou o remédio marrom na ferida da bochecha.

— Ai!

Yu Zhenxuan olhou para aquela pessoa com grande insatisfação, usando seus dentes e garras para enxotá-lo novamente, mas as tentativas foram ignoradas, levando-o a gritar com toda a sua raiva:

— Me deixe em paz!

— Então suma da minha frente — respondeu o homem grosseiramente, uma reação completamente diferente da dos outros, o que deixou Yu Zhenxuan surpreso. Ele olhou para o outro com os olhos bem abertos, incrédulo.

— Qual é o seu nome?

— Yu Zhenxuan. E qual é o seu?

— Pei Shouyi.

— Pei Shouyi — repetiu Yu Zhenxuan assentindo com a cabeça vigorosamente.

Ele havia relembrado que aquela pessoa estranha se chama Pei Shouyi. A resposta séria do garoto fez o rapaz mais velho não resistir a dizer mais algumas palavras:

— Falando nisso, eu sou o médico desta escola, se você voltar a me encontrar no futuro, deve me chamar de professor ou doutor.

— Pei Shouyi — repetiu Yu Zhenxuan novamente, negando-se a aceitar chamá-lo de outra forma devido ao som daquelas três sílabas juntas soarem melhor que a palavra "professor".

Os professores da escola eram todos muito irritantes. Ou olhavam para ele com olhos de piedade, ou o tratavam como um encrenqueiro por frequentar o departamento disciplinar e a delegacia de polícia com frequência. Por isso, ele odiava professores e não queria chamá-lo daquela palavra.

— Você que sabe.

Se não fosse pelo fato de que a idade desse garoto era semelhante à de Gao Shide e que o nome da escola onde ele trabalharia estava bordado no uniforme, ele não teria se incomodado em ajudar.

Com isso, o olhar animalesco de Yu Zhenxuan foi gradualmente mudando para um olhar de aceitação, pois estava deixando aquela pessoa na sua frente entrar no seu espaço pessoal, fazendo um curativo em sua bochecha. Seu olhar caiu no braço direito, onde havia marcas de mordida feitas por ele mesmo, e fitando os olhos de Pei Shouyi, perguntou com culpa:

— Seu braço…

— Não precisa se preocupar.

Delicadamente, ele colou a fita adesiva do curativo na pele da bochecha esquerda, e então levantou o queixo do garoto para aplicar remédio na ferida do canto da boca.

Mas ao ver aqueles olhos claros, ele parou sua ação…

***

Doze anos depois, dentro da delegacia…

— O culpado já foi encontrado, ainda não vai embora?

Recebendo uma ligação de socorro do primo, Pei Shouyi teve que sair correndo do bar que estava preparando para abrir e pilotar a moto a toda velocidade até a delegacia para buscá-lo. Ele olhou para Yu Zhenxuan, encolhido no canto, e a cena do primeiro encontro veio à mente instantaneamente.

— Você não falou "suma da minha frente"? Então me deixa em paz.

— Vai vir ou não?

— Eu não vou embora. Quero ficar aqui.

— Yu Zhenxuan!

A teimosia de um enfrentou a do outro, e a disputa acirrada fez com que Liu Bingwei, que estava ao lado, tivesse que intervir para acalmar a situação.

— Vocês dois, conversem com calma.

— Cala a boca!

— Cala a boca!

Os dois se viraram ao mesmo tempo, gritando em uníssono para a pessoa infeliz, e Liu Bingwei coçou a cara de maneira constrangida, retirando-se automaticamente para o lado.

Pei Shouyi se voltou para o jovem policial e disse educadamente:

— Por favor, poderia tirar as algemas?

— Certo.

O policial, que estava sendo incomodado há vários dias, sorriu radiante, pensando que Deus finalmente o havia abençoado, pois alguém finalmente levaria aquele encrenqueiro embora.

Então, usou a chave para abrir as algemas que haviam sido colocadas novamente para evitar que Yu Zhenxuan se machucasse, mas este ainda estava encolhido no banco, como se aquele fosse o único lugar onde se sentia seguro. No entanto, desta vez, a pessoa sem paciência não tentou persuadi-lo com palavras gentis, simplesmente agarrou a mão de Yu Zhenxuan e o puxou para si, carregando-o como um saco de areia para fora da delegacia e jogando-o no banco traseiro de sua moto. Ele colocou um capacete de segurança sobressalente na cabeça de Yu Zhenxuan, depois colocou seu próprio, ligou a motocicleta estacionada em frente à delegacia e foi embora.

— Obrigado pelo seu trabalho duro, Bingwei — falou Gao Shide do outro lado da ligação para Liu Bingwei, que havia reportado todo o ocorrido.

— Não sei como, mas a pessoa que você chamou é realmente persuasiva. Nos últimos dias, Yu Zhenxuan não deixava ninguém se aproximar dele aqui na delegacia. Se você tentasse chegar perto, ele mordia. Mas assim que o seu conhecido chegou, o Diretor de Tecnologia nem resistiu, mesmo sendo arrastado, apenas obedeceu.

— Caso Zheyu pedisse pra você ir pro leste, você iria pro lado oposto?

— Ah... Entendi.

A explicação simplista de Gao Shide fez o Diretor Jurídico que estava do outro lado da ligação gargalhar. Dessa forma parecia que existia outro tipo de relacionamento além do burro e a cenoura, mas também a relação entre cachorro abandonado e o dono.

— Como está Yu Zhenxuan? — perguntou Zhou Shuyi enquanto pegava um copo de água e colocava ao lado de seu namorado na mesa de jantar. Segundos antes, Gao Shide havia desligado a ligação.

— Shouyi levou ele embora. — Gao Shide sentou-se no sofá e suspirou: — Bem, eles dois deveriam ter uma boa conversa.

— Pei Shouyi tem transtorno emocional, como eles vão conversar? — questionou Zhou Shuyi ao sentar-se no sofá.

— Não sei, ambos têm problemas, mas isso não é algo que outras pessoas possam ajudar. Nós... devemos fazer o que precisamos fazer agora.

Depois de falar, ele colocou o copo de água na mesa baixa ao lado do sofá, pegou a almofada cinza ao lado direito de Zhou Shuyi e colocou-a no colo do amante, deitando-se de lado.

— É isso que você diz que devemos fazer? — Zhou Shuyi sorriu, cutucando a cabeça do outro com o dedo. — Se vai dormir, vá para o quarto.

— Não quero, ultimamente estou com privação de sono devido ao excesso de trabalho, e ainda tenho que "ficar com você" à noite. Minha energia está esgotada. — Gao Shide fez com que aquelas palavras tivessem ambiguidade e Zhou Shuyi acabou levando para o lado malicioso enquanto dava um tapa na testa do outro, envergonhado.

— Levanta agora, criancinha.

— Ai, doeu. Você me nocauteou, não consigo levantar.

Aproveitando a oportunidade, ele se virou e encontrou a posição mais confortável, deitando de costas no colo do namorado. Zhou Shuyi, porém, olhou para aquele homem trapaceiro e deu um sorriso de indignação.

— Não consigo lidar com você.

Embora dissesse isso, ele ainda colocou a mão no peito do outro e deu tapinhas suaves. Com medo de que a luz do sol durante o dia o deixasse desconfortável para dormir, ele gentilmente cobriu os olhos do outro com a palma da mão para bloquear a luminosidade. Em seguida, começou a folhear a revista que estava à sua direita com uma mão, até que a respiração do outro se acalmou e ele adormeceu profundamente.

***

— Terminei de tomar banho.

Yu Zhenxuan colocou uma roupa branca e tinha uma toalha nos ombros. Saiu do estabelecimento ainda com o seu cabelo molhado enquanto Pei Shouyi ajeitava as mesas e cadeiras na parte externa do bar, preparando tudo para abrir naquela noite. Ao ver Yu Zhenxuan vestido com roupas limpas, ele puxou uma cadeira e a colocou ao lado dos degraus, dizendo a ele:

— Venha aqui.

— Certo.

— Senta aí.

— Hm.

Um comando seguido por uma ação. Pei Shouyi sentiu como se tivesse acidentalmente alimentado um vira-lata e ele foi reconhecido pelo cachorro como seu próprio dono desde então. Ele abriu o estojo de primeiros socorros, pegou o iodo e o cotonete que estavam dentro. Parecia que o relacionamento deles sempre envolvia o estojo de primeiros socorros.

— Na época da escola, te disse que mesmo que você morresse na minha frente, eu não teria nenhuma reação. O problema é comigo e não com você. — Abriu um pouco da tampa, pingou o líquido marrom no cotonete e gentilmente aplicou na ferida no pulso de Yu Zhenxuan, onde a pele tinha sido arranhada pelas algemas. — "Distúrbio Afetivo" é o nome da minha condição. Então, eu não consigo reagir emocionalmente a nada, não consigo ter conexões emocionais com os outros. Qualquer emoção ou sentimento para mim é apenas um substantivo, algo que nunca poderei sentir.

— Você está mentindo, eu vi o seu sorriso quando estava falando com aquele filhinho de... — Ele parou antes de dizer a palavra "mamãe", olhando para o rosto de Pei Shouyi. — Você sorriu quando estava falando com Gao Shide.

Aquele sorriso o fez sentir inveja, porque era o que ele desejava há muito tempo e nunca havia obtido. No entanto, aquele homem, ainda de cabeça baixa, continuou aplicando o remédio e disse:

— Posso observar o comportamento dos outros e reagir de maneira apropriada. Então, eu sorrio, mas isso não significa que estou feliz; fico com raiva, mas isso não significa que estou irritado. É apenas uma técnica social. Você passou doze anos me procurando. Do seu ponto de vista, isso pode ter sido doze anos de saudade, emoção, dedicação, sofrimento, ansiedade. Pessoas normais ficariam surpresas, emocionadas, talvez até corresponderiam. Mas para mim, foram apenas doze anos. Eu não consigo entender o que é passar doze anos procurando uma pessoa. Colocar seus sentimentos em mim é como jogar uma pedra no mar, nunca haverá uma resposta.

— Impossível ser isso — negou Yu Zhenxuan com muita avidez as palavras de Pei Shouyi.

Não seria como nos filmes? A mensagem dentro da garrafa jogada no mar, sempre vai chegar a uma costa onde a pessoa predestinada vai achá-la. Então aquela resposta não era possível.

Logo, contanto que ele continuasse trabalhando duro, se esforçasse, haveria um momento em que a pessoa que ele gostava sentiria o mesmo por ele.

— Mesmo que passe outros doze anos, o resultado será o mesmo.

Pei Shouyi retirou a mão, guardou o iodo e o cotonete não usado no estojo de primeiros socorros, fechou a tampa e levantou-se. Olhando para o dique ao lado do restaurante, ele cobriu o peito onde seu coração batia e disse com uma voz tranquila:

— Eu não tenho nada aqui dentro, é vazio e não há nada que possa colocar no lugar.

— Mas… — Yu Zhenxuan olhou para o gesto de Pei Shouyi cobrindo o peito, seus olhos imediatamente se encheram de lágrimas e, de repente, ele lembrou do que havia acontecido antes, como se tivesse encontrado uma esperança. — Você costumava odiar problemas, mas só deixava que eu te incomodasse. Todos os colegas diziam que você era especialmente bondoso comigo. E agora, você veio me buscar na delegacia. Isso não significa que você se preocupa comigo? Pei Shouyi, será que você é o único que não percebe que, na verdade, se importa muito comigo? — No final, a emoção quase o fez engasgar, e ele precisou reunir toda a sua força para expressar completamente o que queria dizer àquela pessoa.

— Fui à delegacia te buscar porque Shide me pediu ajuda.

— …

Com uma frase, ele destruiu completamente a última esperança. Yu Zhenxuan abaixou a cabeça, colocou a toalha que estava em seus ombros silenciosamente na mesa ao lado, estendeu a mão trêmula e a colocou no peito de Pei Shouyi, engolindo as lágrimas salgadas, implorando.

— Nem um pouquinho? Eu não peço muito, só quero que você goste de mim um pouquinho.

O homem colocou a mão sobre a de Yu Zhenxuan, mas apenas para afastá-la de seu peito, e então respondeu:

— Não desperdice seu tempo comigo. Não vale a pena e não vai te trazer nada.

— Não tem problema, eu tenho muito tempo, posso esperar. Pei Shouyi, realmente posso esperar — implorou enquanto pegava a manga do casaco do outro, mas dessa vez foi violentamente afastado, sem receber nem mesmo um olhar.

Ele observou Pei Shouyi pegar o estojo de primeiros socorros, se virar e entrar no estabelecimento, fechando a porta de vidro e separando seus mundos… Será que o relacionamento deles terminaria assim?

"Não importa o quanto eu tente ir atrás, tudo que consigo é indiferença e rejeição?", refletiu Yu Zhenxuan.

***

Na residência de Zhou Shuyi…

O rapaz estava recostado no sofá, e sem saber quando adormeceu, foi repentinamente acordado pelo som de uma conversa.

— Se não conseguirmos salvar, vamos ver se você ainda dirá isso… Já estamos morando juntos, o que você acha? Depois que Huaqing for requerida, eu vou para o Grupo Chengyi como assistente dele.

— Zhou Shuyi abriu os olhos e ouviu a voz vinda da cozinha. Gao Shide estava conversando com alguém, e seu tom era bem suave. Então, Zhou Shuyi se levantou, caminhou silenciosamente pela sala até a cozinha e abraçou-o com força por trás.

— Ah! — Gao Shide foi surpreendido pela brincadeira e deu um sorriso genuíno: — Já acordou?

Esse era o Zhou Shuyi que ele conhecia, aquele que só mostrava seu lado travesso e infantil. Ele estava de volta, finalmente, ao seu lado.

— Sim, acabei acordando — falou Zhou Shuyi retirando o fone sem fio da orelha esquerda de Gao Shide e colocou em si mesmo. — Como eu poderia deixar você ser apenas um assistente? No mínimo, vou te dar a posição de Diretor de Tecnologia.

— Mas o Diretor de Tecnologia não pode ficar o tempo todo ao seu lado, um assistente pode — explicou Gao Shide sorrindo enquanto revelava seus verdadeiros desejos.

Zhou Shuyi beijou a nuca do parceiro e então ouviu a voz de uma terceira pessoa vindo da cozinha...

— Vendo que vocês dois estão tão bem juntos, fico mais tranquila.

Assustado pela voz, Zhou Shuyi rapidamente se afastou de Gao Shide e olhou ao redor, vendo o celular em cima do balcão, no qual uma chamada de vídeo estava em andamento.

— Oi, tia. — Ele cumprimentou respeitosamente a mãe de Gao na tela e, em seguida, sussurrou em protesto ao parceiro que estava rindo: — Eu pensei que era uma ligação e não uma chamada de vídeo.

— Oi, Yizinho. Quanto tempo! Como você está?

— Es-... estou bem.

— Você tem que me perdoar. Naquela época, eu não sabia que estava grávida. Assim que desci do avião, fui para o hospital e quase tive um aborto. A empresa também teve problemas, e Shide teve que lidar com tudo isso, o que acabou causando um mal-entendido entre vocês. Sinto muito.

Zhou Shuyi balançou a cabeça. O parceiro já lhe havia contado sobre essas coisas, e o mal-entendido já havia sido resolvido. Agora eles estavam muito felizes.

— Tia, a coisa mais importante é que você e o irmãozinho estão seguros e saudáveis.

— Você ainda pisa muito em ovos, né?

— Não piso, não.

— Então, por que você ainda me chama de tia? Deveria me chamar de... mãe.

— Mãe…

Zhou Shuyi estava surpreso e inconscientemente repetiu as palavras da tia. Depois de escutar ele repetindo, a mãe de Gao Shide deu um sorriso alegre na tela.

— Ah, é, verdade. Espere um pouco, vou te apresentar o Brandon e a Ashley...

A mãe de Gao Shide pegou o celular e calçou os chinelos para que fosse até o restante da família que estava plantando flores no jardim. O vídeo ficou trêmulo por um tempo, e depois a imagem da chamada de vídeo mostrou dois rostos desconhecidos. Zhou Shuyi olhou para as duas pessoas na tela: o homem de meia-idade com barba era naturalmente o novo marido da tia, e a garota ao lado dele era…

— …

— O que foi? — perguntou Gao Shide entortando levemente a cabeça para o lado assim que havia percebido a surpresa no rosto de seu namorado. Zhou Shuyi estava visivelmente constrangido, acenando para a garota na tela que o cumprimentava cordialmente.

— Essa é a garota que estava com você quando eu tinha ido te procurar nos Estados Unidos — revelou Zhou Shuyi com um volume de voz que apenas ele e seu namorado conseguiam escutar.

— A "garota estadunidense"?

— Isso.

Finalmente, a última peça do quebra-cabeça se encaixou. A origem de todos os mal-entendidos era, na verdade, sua meia-irmã, Ashley. Gao Shide deu um sorriso malicioso e intencionalmente disse:

— Agora você me perdoa por estar com uma "garota estadunidense"?

— Gao Shide... — Zhou Shuyi baixou os olhos, sua voz carregada de culpa enquanto chamava o nome da outra pessoa.

Ele percebeu que a garota que viu era a filha do novo marido de sua tia, e também a irmã mais nova de Gao Shide. No entanto, por um mal-entendido, acreditou erradamente que depois que o namorado foi para os Estados Unidos, ele tinha desenvolvido sentimentos por ela.

— Desculpa, eu...

Zhou Shuyi mordeu os lábios, pois embora ele havia dito para Gao Shide que não era necessário uma explicação, se naquele momento tivesse tido coragem de dar um passo adiante e simplesmente perguntado, nada disso teria acontecido depois. Eles não teriam ficado separados por cinco anos, nem sofrido tanto um com o outro.

— *Ssh!* — Gao Shide colocou seu dedo sobre os lábios de Zhou Shuyi, balançando a cabeça. — Acabou já, não precisa pedir desculpas pra mim.

Se Zhou Shuyi tivesse cometido um erro, ele também tinha. Porque se Gao Shide tivesse deixado de lado seu orgulho e fosse atrás de Shi Zheyu e Liu Bingwei ou tivesse negado o acordo de cinco anos e ido diretamente falar com Zhou Shuyi, nada disso teria acontecido. Então, aquilo tudo demonstrou que um era forte e outro tímido, como Liu Bingwei disse, é como o conceito jurídico de "causação circular cumulativa" em um capítulo de direito criminal. A dose de veneno que inicialmente não seria fatal acabou se acumulando, levando a um resultado irreversível. Felizmente, eles dois se reencontraram e voltaram a sentir a alegria da reciprocidade de amar, na qual através dos olhos um do outro também puderam reencontrar alívio.

— Shuyi, na próxima vez que eu for pra Taiwan, posso te chamar para nos divertir? — perguntou Ashley cheia de felicidade.

— Claro que pode — respondeu dando um sorriso ao mesmo tempo que assentia com a cabeça.

Gao Shide discretamente encostou no ouvido do namorado e, fora do alcance da câmera do celular, acariciou secretamente o bracelete que ele usava no pulso direito, dizendo:

— Daqui para frente, não importa o quanto você fique zangado comigo, não pode tirar este bracelete. Você não sabe o quanto me sinto mal quando vejo que você não está usando.

— Acha mesmo que um bracelete vai me prender pelo resto da minha vida?!

O homem que foi contrariado estreitou os olhos, não mais abaixando a voz, e, através da tela do celular, diante de sua mãe, padrasto e irmã, declarou sua autoridade em voz alta:

— Zhou Shuyi, nem pense em dormir à noite.

— O que você está dizendo?! Eles estão todos aqui.

Um punho punitivo, fora do alcance da câmera, vermelho de raiva, bateu sem cerimônia na barriga de Gao Shide. A pessoa que foi golpeada riu despreocupadamente.

Não era à toa que Shide percebeu que os beijos de seu namorado estavam mais intensos que antes, algo que revelava o quão possessivo ele havia se tornado. Provavelmente foi por conta da cena que Zhou Shuyi havia visto durante a viagem para os Estados Unidos, quando Ashley limpou os lábios de Gao Shide. Felizmente, depois de tanto vai e vem, eles se encontraram novamente, sem mais perder um ao outro.

Naquela noite, Zhou Shuyi ligou para o pai...

— Pai, você está livre esse fim de semana? Shide disse que iria cozinhar algo pra você, então... — A mão que segurava o celular estava levemente tremendo. Desde aquela briga, eles estavam em uma guerra fria há muito tempo. Durante esse tempo, não se sentaram para comer, muito menos conversar cara a cara.

Justamente quando ele não sabia o que dizer, braços fortes cruzaram seu lado e abraçaram seu peito silenciosamente. Gao Shide estava abraçando o seu namorado por trás para que pudesse fazer companhia e dar suporte durante aquele momento.

— ... Shuyi, você está feliz? — perguntou o pai de Zhou Shuyi depois de alguns segundos de silêncio com uma voz rouca que vinha do outro lado da ligação.

— Muito feliz. — Zhou Shuyi relaxou o corpo, encostou-se no peito de outra pessoa e respondeu com um sorriso.

— Ótimo — disse o pai de Zhou Shuyi com um sorriso bondoso, pois, contanto que seu filho estivesse feliz, ele, como pai, também estaria. — Fala para aquele garoto que está tudo bem ele querer cozinhar para mim, mas não é para colocar cenoura no arroz frito. — O mais velho, também exigente com comida, não esqueceu de ditar suas preferências alimentares no final.

— *Pff*, beleza, vou definitivamente contar pra ele. — Zhou Shuyi não pôde segurar a risada e assim que terminou a ligação, tomado pelo orgulho, contou para o seu namorado sobre as ordem com um grande sorriso. — Você escutou, meu pai disse que nenhuma cenoura é permitida dentro do arroz frito.

— Como desejar, senhor sogro.

Sem escolha, para agradar o pai de seu namorado, não só ele não colocaria cenouras no arroz frito, mas também se comprometeria a fazer pratos complexos que levariam três dias e três noites para serem preparados.

Zhou Shuyi arregalou os olhos, como se visse um álibi para sua seletividade alimentar.

— Então no meu arroz frito também…

— Eu recuso e acredito que meu sogro também não quer que você seja exigente com a comida — respondeu Gao Shide balançando a cabeça sem conseguir acreditar enquanto tirava os seus braços ao redor de Zhou Shuyi.

— Por que meu pai pode ser exigente com a comida e eu não?

— "Não" é "não". Então, seja bonzinho e venha dormir comigo porque já tá tarde.

Depois de dizer isso, aproveitando sua altura, ele jogou Zhou Shuyi sobre o ombro e dirigiu-se às escadas que levavam ao segundo andar.

— Me bota no chão!

— Eu já disse, você não vai dormir esta noite.

— Gao Shide!

Com o rosto ruborizado pela posição em que estava sendo carregado, Zhou Shuyi protestou, mas não conseguiu deter a autoridade de Gao Shide. Secretamente, no entanto, um sorriso doce apareceu em seu rosto.

***

Do lado de fora do bar…

Yu Zhenxuan segurava uma caixa enquanto estava de pé na margem do rio, observando o bar iluminado à distância, ouvindo os sons animados dos clientes lá dentro, imaginando-se fazendo parte daquela multidão. Desde pequeno, ele sempre foi diferente das outras crianças. Não conseguia concentrar sua atenção, não conseguia brincar com outros, seus movimentos eram desajeitados, sua maneira de falar era diferente das outras pessoas e, quando seu temperamento explodia, nem ele sabia por que não conseguia controlar, descontando todas as suas emoções através de violência e agressão.

Com o tempo, as crianças do jardim de infância não queriam mais brincar com ele, os professores começaram a olhá-lo de maneira estranha e, mesmo em casa, seus pais frequentemente discutiam por causa de seu comportamento. Gradualmente, sua mãe passou a ficar menos em casa e seu pai passou a passar mais tempo bebendo. Somente sua avó vinha vê-lo a cada poucos dias. Ela ajudava a lavar seu cabelo oleoso, trocava suas roupas por outras limpas e o levava para fora para comer algo além de macarrão instantâneo. Mais tarde, a mãe desapareceu; depois, o pai também. A única pessoa que restou foi a avó, segurando-o enquanto chorava, dizendo:

— *Não fique com medo, netinho, a vovó está aqui e ela nunca vai te abandonar.*

Desde aquele dia, seu mundo consistia apenas nele mesmo e na avó. Até o dia em que foi perseguido por valentões no ensino médio…

— Vó, além de você, Pei Shouyi é a única pessoa que me trata bem, mesmo que ele sempre me ache irritante.

Do lado de fora do bar, Yu Zhenxuan agachou no asfalto da rua e abraçou os seus joelhos ao mesmo tempo que fungava para conter as lágrimas. Assim, ele apenas esperou e esperou, até que seu corpo ficasse completamente frio pelo vento, até que o bar finalmente fosse fechado e os funcionários fossem embora um por um. Então Yu Zhenxuan pegou a caixa de plástico na sua frente e foi em direção ao bar, passo a passo enquanto assistia uma pessoa específica andando pela área externa, puxando uma cadeira de uma das mesas e acendendo um cigarro para aproveitar a vista do outro lado do rio.

— Pei Shouyi.

— ...

A pessoa que foi chamada pelo nome olhou para o homem que estava em pé na escada, suas sobrancelhas franziram em surpresa. Ele apagou o cigarro e logo em seguida virou e começou a andar para dentro do bar quando de repente a voz o chamou novamente.

— Não se preocupe, estou aqui apenas para devolver as suas coisas — disse Yu Zhenxuan segurando nervosamente a caixa em suas mãos. — Embora também tenha pensado que, se eu não precisasse que você me respondesse, se não precisasse que gostasse de mim, poderia continuar ao seu lado. Mas depois, percebi que não deveria causar problemas para você. Você está certo, preciso crescer. O que está dentro desta caixa são coisas que estiveram comigo por doze anos, são minhas coisas mais preciosas, na verdade, também são suas, embora você talvez não se lembre.

Assim, a cada passo que Yu Zhenxuan levantava para subir os degraus da escada, uma memória era trazida dos eventos do passado e a cada passo que dava adiante, ele estava mais e mais perto daquela pessoa.

— Aqui tá o casaco que você colocou em mim quando nos conhecemos pela primeira vez. Também tem o curativo que você colocou no meu rosto quando eu estava machucado. Ah, e quando tinha ficado na enfermaria, os chinelos e a toalha que você jogou pra mim estão aí dentro também, além da escova e pasta de dente que você colocou ali pra mim no dia seguinte. Tem também o macarrão instantâneo que você sabia que eu gostava de comer... — A cada passo a despedida se tornava mais próxima... E então, Yu Zhenxuan deu o último passo. — O post-it que você deixou pra mim dizendo "vaza daqui quando acordar" e o livro de exercícios com o qual você me ajudou. A carta que havia escrito quando deixou de trabalhar na escola e também a caneca que tinha esquecido de levar junto das suas coisas quando foi embora...

Há doze anos, Yu Zhenxuan foi abandonado por aquele homem. Então, foi a sua avó, não tinha mais ninguém dentro de seu mundo, restando ele completamente sozinho. Pei Shouyi não sabia o porquê de ter ido correndo atrás dele na enfermaria naquele dia chuvoso, mas foi quando sua avó faleceu...

Vestindo os tênis que sua avó havia comprado em segredo pra ele, Yu Zhenxuan foi na direção da ponte que tinha no campus da escola. Sua avó, a única que não o chamava de "retardado", a única que não o achava desajeitado, a única que não o abandonava porque muitas vezes ele se metia em brigas e arranjava confusão e era mandado para a delegacia, faleceu devido a um infarto do miocárdio. Ninguém mais diria "Não fique com medo, netinho" ou "A vovó está aqui e ela nunca vai te abandonar".

— Pei Shouyi, desde que você partiu, tenho te procurado. Todos os dias olho para essas coisas, pensando... se eu fosse mais maduro, se crescesse, você me aceitaria ao seu lado? — Com os lábios trêmulos e lágrimas escorrendo em suas bochechas, Yu Zhenxuan acabou soluçando quando disse as palavras que vinha aguardando durante todos aqueles doze anos. Com aquele último passo, colocou a caixa cheia de memórias na mesa logo à frente de Pei Shouyi e disse: — Estou devolvendo isto a você. Eu pensei muito nisso e quero me desapegar de tudo, pelo meu bem. Se você quiser ficar com alguma coisa, fique à vontade, mas se quiser jogar fora, vá em frente e jogue. Embora você possa se arrepender de ter se envolvido e me ajudado, sou muito grato a você. Você foi a primeira pessoa a me perguntar se eu estava com dor. Meu mundo mudou por sua causa, tornou-se diferente, melhor, mais caloroso e também mais feliz…

Mesmo que Yu Zhenxuan tivesse perdido sua avó, ele achou uma outra pessoa disposta a entendê-lo. Entretanto, algo inesperadamente aconteceu quando Yu Zhenxuan foi correndo de felicidade para a enfermaria com um boletim contendo notas excelentes para agradecer Pei Shouyi por tê-lo ajudado com aulas de reforço. Quando chegou no local, apenas encontrou uma nota deixada dentro do armário que dizia:

Moleque, estou indo embora. Você não tem nenhuma razão em ficar dependendo de mim. Já é hora de crescer!
OBS.: Cuide bem de si mesmo. Não pense que eu não percebi que aquelas feridas foram feitas por você.
Até mais…
Não! Até nunca mais!

Pei Shouyi, sem nenhuma expressão em seu rosto, pegou a caixa e deu as costas para aquele outro homem que não conseguia segurar seu choro.

— Pei Shouyi! Uma última palavra… — Yu Zhenxuan olhou para as costas paradas, com lágrimas nos olhos, e abriu um sorriso radiante, dizendo: — Espero que você encontre alguém que queira ter ao seu lado. Desejo-lhe felicidade.

Então, enxugou as lágrimas e virou-se com o sorriso ainda em seu rosto. Desceu as escadas e saiu do lugar onde Pei Shouyi estava, voltando para um mundo onde só restava ele mesmo. No entanto, uma voz de repente soou atrás dele…

— Yu Zhenxuan…

Pei Shouyi colocou a caixa cheia de memórias no chão e se virou, olhando para as costas que se afastavam lentamente… Nunca ninguém o havia feito sentir dessa forma. Cada palavra que Yu Zhenxuan dizia fazia seu coração doer. Talvez, o buraco em seu peito já tivesse sido preenchido por essa pessoa sem que ele percebesse, mas ele próprio era como Yu Zhenxuan havia dito…

— Pei Shouyi, será que você é o único que não percebe que, na verdade, se importa muito comigo?

Desde que Pei Shouyi o viu pela primeira vez, Yu Zhenxuan já havia invadido o seu mundo, como um problema do qual ele não conseguia se desvencilhar e ao mesmo tempo não tinha coragem de empurrar para longe. Ao ver suas lágrimas, sentiu uma dor tão profunda que mal conseguia respirar, e então percebeu que esse garoto ocupava um lugar muito importante em seu coração, embora ele tivesse erroneamente pensado que não sentia nada.

Ele sempre foi o primeiro a se virar e partir, mas a visão das costas de Yu Zhenxuan sempre lhe causava uma dor imensa. Devido ao seu transtorno afetivo, ele foi expulso das emoções do mundo normal, mas esse garoto, sem que ele percebesse, com sua afeição obstinada, foi pouco a pouco quebrando a muralha emocional ao seu redor, transmitindo-lhe emoções que ele nunca havia sentido, através das pequenas fissuras.

— Yu Zhenxuan! — Foi a primeira vez que ele usou toda a sua força para gritar o nome de alguém. O nome de alguém que ele não queria perder. — Eu só posso te prometer que vou tentar.

"Tentar me aproximar desse moleque insistente, tentar me aproximar dos sentimentos, tentar não odiar o garoto chamado Yu Zhenxuan e tentar deixar ele ser a pessoa que vai me acompanhar, a pessoa que vai me fazer feliz… Ele é essa pessoa", refletiu Pei Shouyi em seus pensamentos.

Yu Zhenxuan ficou encarando com os olhos arregalados, totalmente surpreso. Então, assentiu com a cabeça vigorosamente e em seguida correu para os braços de Pei Shouyi, exatamente como aconteceu na primeira vez que eles se encontraram, colidindo com seu peito e nunca mais saindo.

— *Vai embora!*

— *Então suma da minha frente.*

— *Qual é o seu nome?*

— *Yu Zhenxuan. E qual é o seu?*

— *Pei Shouyi.*

— *Pei Shouyi.*

"Eu vou me lembrar que seu nome é Pei Shouyi. Uma pessoa muito estranha… chamada Pei, Shou, yi", pensou Yu Zhenxuan.

***

No campus da faculdade…

— Por favor, como se sente o ex-aluno de destaque ao voltar à sua *alma mater* para dar uma palestra? — Gao Shide fez um punho com a mão esquerda, fingindo ser um repórter entrevistando a outra pessoa que tinha acabado de terminar a palestra.

— *Saikou!!*[26] — gritou Zhou Shuyi com as mãos em volta da boca no meio de uma avenida arborizada da faculdade e então voltou o olhar para Gao Shide e disse: — Desta vez eu venci, fui para a faculdade fazer um discurso antes de você. Aceite a derrota! Nunca mais vou perder pra você de novo, Gao Shide.

— Já faz tanto tempo que a gente se graduou e você ainda tá competindo? É tão importante assim ficar em primeiro? Depois que descobri que estava apaixonado, entreguei a minha vida toda a você.

— Gao Shide... — O ex-aluno de destaque, que há pouco estava no palco discursando com confiança, ficou com as bochechas vermelhas com a confissão repentina do namorado.

— Ex-aluno de destaque, já que é raro estar de volta, vamos fazer um tour pelo campus! — Com um sorriso largo, Gao Shide puxou Zhou Shuyi pela mão e correu em direção a um lugar específico do campus.

— Aonde estamos indo?

— Não pergunte.

Então, os dois correram para o ginásio de natação reformado. A água da piscina ainda era tão azul quanto nas lembranças. Em seguida, Gao Shide continuou segurando a mão de Zhou Shuyi e com uma expressão de angústia disse:

— Na verdade, eu não era nem um pouco feliz no clube de natação.

— Por quê?

— Porque eu via a carne que queria comer sambando na minha frente todos os dias, mas não conseguia tocar. Era tão triste que me fez chorar na beira da piscina.

---

26. 最高: Significa "Incrível" em japonês.

— Seu babaca!

Zhou Shuyi levantou as mãos para empurrar Gao Shide, mas inesperadamente acabou o jogando na piscina. Com um sorriso por ter visto seu namorado ali, afundando na água de propósito, Shuyi disse:

— Venha rápido, tô indo embora.

— Tô com câimbra — disse a pessoa enquanto gemia de dor.

— Não minta.

— Ajuda, me ajuda…

— Tá bom! Pare de criar problemas!

Enquanto via Gao Shide afundando aos poucos para o fundo da piscina, Zhou Shuyi imediatamente tirou o casaco e pulou na água. Quando agarrou o pulso do outro, foi surpreendido por um jato de água no rosto e puxado pela gravata para o peito do outro, que o beijou nos lábios. Zhou Shuyi empurrou o trapaceiro que o beijou, flutuou na piscina azul e perguntou de soslaio:

— Não me diga que este é o lugar ao qual você mais queria vir.

— Ainda tem mais um.

— Qual é o segundo?

— Ves, ti, á, ri, o!

— Ah, sai fora, cara! — respondeu Zhou Shuyi, que mais uma vez foi surpreendido por uma resposta ambígua, deixando-o de bochechas vermelhas.

***

No bar…

A noite daquele bar estava um pouco diferente do usual, reservado para apenas alguns clientes específicos. Liu Bingwei segurava uma caixa de veludo na mão, ansioso, andando de um lado para o outro na área de jantar ao ar livre. Ele agarrou Gao Shide e perguntou:

— Você acha que minha proposta de casamento vai ser bem-sucedida?

A pessoa, que estava sempre preparada para lidar com casos difíceis, agora estava nervosa como um adolescente. A verdade é que Shi Zheyu sempre o deixou completamente fora de controle.

— Não se preocupe, eu acredito que vai dar certo.

Como um amigo de longa data da universidade, Gao Shide deu um empurrão nas costas de Liu Bingwei, encorajando-o. Só então Liu Bingwei conseguiu dar um passo com suas pernas trêmulas, caminhando em direção à área de jantar já decorada. Ao lado da mesa de jantar, Shi Zheyu deu um sorriso orgulhoso para Zhou Shuyi, sussurrando:

— Aquele cara vai me pedir em casamento hoje.

— Como você sabe?

— Eu espiei o diário dele e… ele deixou o anel de noivado na minha casa. Fui eu quem o colocou de volta no carro dele. Além disso, com a personalidade dele, não aguentaria uma semana — disse Shi Zheyu a Zhou Shuyi que deu um sorriso resposta, pois sempre soube que Liu Bingwei amaria essa pessoa por ser um grande masoquista.

— Você vai aceitar?

— Por que não? Afinal, entre um pedido de casamento e o casamento em si… — Shi Zheyu abriu os braços para indicar o tamanho de uma coisa: — Ainda há uma longa distância.

— Teoria da cenoura?

— Exato.

Zhou Shuyi olhou para as duas pessoas caminhando em sua direção, olhou para o advogado nervoso com olhos solidários e então o observou bater palmas vigorosamente e chamar os amigos e funcionários convidados para o espaço aberto.

— Pessoal, tenho algo a anunciar.

Depois que todos haviam se juntado, Liu Bingwei pegou a mão de Shi Zheyu e andou para a frente dos convidados. Em seguida, virou-se para olhar seu amor que vinha seguindo por todos aqueles anos e falou com seriedade:

— Eu sei que estou sempre pisando nos seus calos, ao mesmo tempo que não sou rápido o suficiente para entender algumas coisas, mas você sempre tem sido tolerante comigo. Realmente amo a sensação de viver ao seu lado e espero que isso possa continuar. Então, Shi Zheyu, eu gostaria de saber se… — Liu Bingwei respirou fundo e ajoelhou-se com apenas uma perna na direção da pessoa à sua frente. — …você quer casar comigo?

— Aceita!

— Aceita!

Todos ao redor, inicialmente surpresos, começaram a comemorar alegremente. O barulho dos aplausos e dos assobios encheu instantaneamente a área de jantar do bar.

— A forma que fez o pedido foi terrível, mas… — Shi Zheyu, com orgulho, levantou o queixo. Esperou até que o outro, prendendo a respiração, estivesse quase sufocando, então respondeu alto: — Eu a-cei-to!

— Zheyu… — Liu Bingwei, emocionado, abraçou a pessoa que ele havia perseguido por tantos anos. Sob os gritos de "Beija, beija" da multidão, ele lentamente se aproximou do rosto do amante, mas foi surpreendido quando o outro o puxou pelo pescoço e o beijou apaixonadamente, calando o que ia dizer. O burro bobalhão jamais conseguiria derrotar a cenoura orgulhosa. Nunca mesmo.

O bar, iluminado pelas luzes, estava repleto de risadas e de felicidade.

***

Dentro do bar, Yu Zhenxuan segurava um copo cheio de leite enquanto andava em círculos atrás de Pei Shouyi que, por sua vez, estava ocupado, mas não demonstrava nenhuma expressão de impaciência; pelo contrário, nos momentos livres, estendia a mão ocupada preparando a refeição, acariciava o cabelo de Yu Zhenxuan e depois lhe dava um leve sorriso.

Zhou Shuyi olhou para os colegas da universidade, que finalmente estavam juntos, pensando que o deus casamenteiro Yuelao[27] realmente tinha unido o fio vermelho deles desde cedo. Aqueles dois, que costumavam se detestar, após tantas idas e vindas, se tornaram um casal invejável.

“Merda! Por que estou com inveja do Shi Zheyu? Eu não faço ideia do tipo de surpresa que o Sr. Gao Shide vai preparar pra me pedir em casamento. Não mesmo, eu que tenho que tomar a iniciativa, porque, se depender daquele bobão, vai levar anos pra fazer o pedido”, pensou Zhou Shuyi.

Gao Shide olhou para o seu namorado que estava em pé no meio dos convidados, observando as expressões de Zhou Shuyi que

27. Yuelao é uma figura do folclore chinês que ajuda duas pessoas a ficarem juntas, unindo-as com uma fita vermelha. Essa figura tornou-se conhecida devido a um livro da coleção “Xuxuanguailu” de Li Fuyan, durante a Dinastia Tang (807 a.C).

variavam entre feliz, zangado e pensativo, e soube exatamente o que ele estava pensando.

Durante aquela vida, Gao Shide usaria suas próprias mãos para proteger o sorriso no rosto de Zhou Shuyi, pois aquela sorte destinada a ele era um indicativo de que estava disposto a entregar a sua vida completamente para Zhou Shuyi. Um presente entregue com muito amor.

Fim de We Best Love.

Extra 1
Cupido da enfermaria

PARECE TRÁGICO SER UM ESQUELETO EM UMA ENFERMARIA FIXADO NO MESMO LUGAR POR UMA ESTRUTURA DE FERRO, CERTO? ERRADO! A CHAMADA ALEGRIA DE VIVER DEVE SER ENCONTRADA POR SI MESMO, E EU, BONY, O ESQUELETO MAIS BONITO DA ESCOLA, ALÉM DE ASSUMIR A PESADA RESPONSABILIDADE DE EDUCAR OS ALUNOS SOBRE OS OSSOS E A ANATOMIA DO CORPO HUMANO, TAMBÉM GOSTO DE OBSERVAR OS ESTUDANTES QUE VÃO E VÊM POR AQUI, POR EXEMPLO...

— Aaaaaah… Dói, dói, dói, dói… Eu não quero, doutor…

— Brigando de novo! Vocês ousaram brigar de novo, então não têm o direito de estar aqui gritando!

TSC, TSC, AQUELE MÉDICO ESCOLAR SEM ESCRÚPULOS, PEI SHOUYI, ESTÁ INTIMIDANDO ALGUÉM DE NOVO. NO ENTANTO, MUITO BEM, INTIMIDAÇÃO MERECIDA! DOU UM JOINHA PARA VOCÊ! A ESCOLA É PARA APRENDER CONHECIMENTO, COMO OUSAM FAZER BAGUNÇA E BRIGAR? MERECEM APANHAR E SOFRER.

— Duas semanas sem molhar, quem quer que tenha o machucado infeccionado vai ser espancado por mim. Entenderam?

— Entendemos, entendemos.

— Ainda falta uma coisa para vocês falarem para mim, certo?

— Obrigado, doutor.

— Sumam.

— Ah, sim, obrigado, doutor.

VÃO LOGO, LEMBREM-SE, GAROTOS, NADA DE BRIGAR MAIS. ESTUDEM DIREITINHO, ENTENDERAM?

Depois da aula, Yu Zhenxuan, vestindo o uniforme amassado, foi até o armário de remédios, inclinando a cabeça, olhando para o esqueleto que algum aluno travesso tinha posicionado na pose do "Pensador".

— Puro osso.

QUÊ?! VOCÊ QUE É O PURO OSSO! EU SOU O ESQUELETO MAIS CHARMOSO DA ESCOLA, O GRANDE BONY! ESTÁ CEGO OU O QUÊ? *AFF!*

— Macarrão instantâneo.

Yu Zhenxuan estendeu a mão e abriu a calota craniana do esqueleto, tirando de dentro o macarrão instantâneo que o médico da escola havia escondido.

EI! ANTES DE ABRIR A CABEÇA DE ALGUÉM, NÃO PODE AVISAR? ATÉ ESQUELETOS TÊM DIREITOS, SABE?!

— Obrigado. — O garoto que pegou o macarrão instantâneo fez uma reverência séria ao esqueleto em agradecimento.

TUDO BEM, CONSIDERANDO QUE VOCÊ É TÃO EDUCADO, NÃO VOU RECLAMAR. AH, LEMBRE-SE DE PROCURAR NO ARMÁRIO AO LADO. O MÉDICO SEM ESCRÚPULOS TROCOU TODOS OS LANCHES E MACARRÕES INSTANTÂNEOS PELOS SEUS FAVORITOS PARA QUE VOCÊ POSSA COMER BEM. LEMBRE-SE DE COMER BASTANTE, ASSIM VOCÊ PODE CRESCER ALTO, FORTE E ELEGANTE COMO EU, O ESQUELETO MAIS CHARMOSO. HAHAHAHAHAHA.

DEPOIS DISSO, POR ALGUMA RAZÃO DESCONHECIDA, AQUELE MÉDICO SEM ESCRÚPULOS MUDOU DE LOCAL DE TRABALHO. EMBORA NÃO PUDESSE MAIS VER OS GAROTOS DO ENSINO MÉDIO, AGORA PODIA VER OS UNIVERSITÁRIOS MAIS MADUROS, PERMITINDO QUE EU, COMO ESQUELETO, CONTINUASSE A TRANSMITIR CONHECIMENTOS SOBRE A ANATOMIA DO CORPO HUMANO AOS ESTUDANTES.

— Branquinho… Você acha que Zheyu gosta de mim?

OLHANDO PARA O GAROTO CHAMADO LIU BINGWEI À MINHA FRENTE, EU, O ESQUELETO, NÃO PUDE EVITAR REVIRAR OS OLHOS. DROGA! O QUE ESTÁ ACONTECENDO? AGORA, ALÉM DE SER UM ESQUELETO, TAMBÉM TENHO QUE SER CONSELHEIRO AMOROSO? CUPIDO? CADÊ O YUELAO PRA AJUDAR AQUI? SE VOCÊ GOSTA DA PESSOA, ENTÃO FALA PRA ELA! QUAL É A DIFICULDADE? *AFF*. ALÉM DISSO, NÃO FICA ME CHAMANDO DE "BRANQUINHO", SABIA QUE EU JÁ ESTAVA MORTO ANTES DE VOCÊ NASCER? ME RESPEITA, TÁ?! MEU NOME É B-O-N-Y OU PODE ME CHAMAR PELO APELIDO SR. B, OK?

— Me desculpa aparecer aqui de novo, braquinho lindão.

Shi Zheyu percebeu que a enfermaria estava vazia, então entrou tranquilamente, puxou uma cadeira e sentou-se em frente ao esqueleto, timidamente dizendo coisas que não tinha coragem de dizer a mais ninguém.

— Eu tenho estado apaixonado por alguém que também me ama, isso me deixa muito feliz.

DROGA, VOCÊS VÊM AOS BALDES SE APARECEREM PRA MIM, ISSO É ALGUM TIPO DE TORTURA ATÉ A MORTE COM OS SOLTEIRÕES OU MELHOR, É UMA TORTURA ATÉ A MORTE COM O "OSSOLTEIRÃO"? NÃO SÓ ISSO, NA ÚLTIMA VEZ FOI "BRANQUINHO" E AGORA "BRANQUINHO LINDÃO", NÃO É À TOA QUE VOCÊS VÃO FICAR JUNTOS, YUELAO REALMENTE SABE O QUE ESTÁ FAZENDO.

— Disseram que ele não vai me valorizar depois de me conquistar! Devo fingir que não sei de nada e deixá-lo continuar correndo atrás de mim, para que ele continue me olhando assim?

HMM, ESSA É UMA BOA PERGUNTA, TÃO DIFÍCIL QUANTO O "SER OU NÃO SER" DE HAMLET. MAS JÁ QUE VOCÊ ME CHAMOU DE LINDÃO, EU VOU TE RESPONDER... DEIXE ELE CORRER ATRÁS! QUANTO MAIS ELE CORRER ATRÁS, MELHOR, MAIS DURADOURO VAI SER O AMOR E FELICIDADE QUE ELE VAI TE DAR. TE DESEJO FELICIDADE.

* * *

Muitos anos depois...

Bony foi levado para um bar recém-aberto pelo homem que os alunos chamavam de "médico da escola sem escrúpulos" e que adorava intimidar os estudantes, como decoração. O doutor também comprou com o seu próprio dinheiro um outro conjunto de ossos para colocar na enfermaria, assim dando continuidade à dura responsabilidade de ensinar a estrutura óssea humana no lugar de Bony.

— Shuyi, você ainda se lembra deste lugar?

Um jovem casal que uma vez havia confessado seu amor na frente de Bony, voltou à sua *alma mater* anos depois como ilustres ex-alunos para dar um discurso. Gao Shide envolveu a cintura de seu namorado com as mãos, sorrindo gentilmente.

— Claro que lembro — disse Zhou Shuyi também sorrindo e passando seu braço ao redor do pescoço de Gao Shide. — Foi aqui que alguém se declarou para mim.

— Ter falado que gosto de você não foi uma brincadeira. Ter me aproveitado do vazio dentro de você e me colocado nele também foi verdade. Você havia

falado que a pessoa de que eu gostava era muito sortuda, mas essa sorte sempre pertenceu a você... Zhou Shuyi, eu gosto de você.

Eles pensavam que esse amor só poderia ser mantido em segredo, sem nunca alcançar a outra margem da felicidade. Mas nunca imaginaram que Yuelao já havia secretamente atado o fio vermelho do destino em seus pulsos. Eles se tornaram o apoio um do outro; eles se tornaram a família um do outro.

— Desculpa ter feito você esperar tanto tempo. — Zhou Shuyi olhou para a pessoa que estava logo à sua frente enquanto lembrava que Gao Shide ficou apenas como um amigo silencioso por muitos anos.

— Você vale a pena, vale tanto que eu poderia esperar a vida inteira.

— Shide...

— Hm?

— Eu te amo.

— Eu também te amo.

Seus rostos foram ficando cada vez mais perto e lentamente tocando os lábios, fechando os olhos e sentindo a respiração um do outro. O aroma refrescante de hortelã do shampoo em comum sutilmente se espalhando do cabelo até a ponta do nariz. Levantando as mãos para abraçar o outro, o toque do tecido do terno passou pela pele das pontas dos dedos até o cérebro que recebeu todas as sensações, Zhou Shuyi não conseguiu evitar um sorriso no meio do beijo romântico.

— Quebrando o clima. — O beijo interrompido resultou em um protesto sem fôlego e carinhoso da outra pessoa. Olhando para o culpado, perguntou: — O que foi?

— Olha!

Com uma mão, Zhou Shuyi apontou para o canto da enfermaria e com a outra, ele deu leves tapas nas costas de Gao Shide para indicar que ele precisava se virar. O rapaz seguiu as instruções de seu amante e, ao ver o esqueleto posicionado no canto, fez um gesto tímido de cobrir o rosto. Em seguida, ele sorriu e disse:

— Parece que essa tradição também foi passada para os calouros.

Desde os tempos antigos, os alunos da escola sempre gostaram de colocar o esqueleto em várias posições diferentes. No entanto, aquele sr. Ossos dentro da enfermaria era o segundo, pois o original já estava há muitos anos dentro do bar de Pei Shouyi perto do balcão de bebidas. Um dia, Gao Shide estava brincando com a cabeça do esqueleto e acabou quebrando, então Pei Shouyi passou a colocar um abajur em cima para disfarçar o estrago.

Zhou Shuyi recolheu a mão, fechou o punho ao lado da boca, segurou o riso e disse:

— Você acha que, se fizermos algumas coisas travessas e mudarmos a pose dele agora, você ficaria assustado e sairia correndo?

— Pera aí! O que exatamente é algo "travesso"?

Gao Shide mostrou um sorriso malicioso e olhou de soslaio para os cabelos macios de seu namorado. Por conta do discurso que teve que fazer na universidade, ele acordou mais cedo para tomar banho e se preparar. O cheiro do sabonete pairando em torno de seu pescoço, embora fosse a marca que ele escolheu, no corpo do outro tinha um cheiro diferente, um toque mais provocante... Então Gao Shide curvou-se para beijar a nuca de seu namorado.

— Gao Shide...

A pessoa que foi surpreendida encolheu o pescoço e chamou pelo nome do homem. Inicialmente, pensou em dizer que ainda havia alguém olhando, mas no segundo seguinte, seu cérebro o contradisse, lembrando que na enfermaria, além deles, só havia um esqueleto. De onde viria a outra "pessoa"?

— *Ssh.*

Porém, Gao Shide estava relutante em parar o que estava fazendo e continuou beijando Zhou Shuyi em diferentes partes do corpo, seus dedos desabotoaram os botões do terno de "aluno destaque" maliciosamente. Ele seguiu afrouxando a gravata de Zhou Shuyi, expondo mais pele.

— Aqui é a uni-... universidade... — lembrou o namorado baixando a voz, mas as mãos que deveriam deter o outro caíram silenciosamente ao lado do corpo, tornando-se passivamente cúmplices da outra parte. A respiração gradualmente desordenada, através dos altos e baixos de seu peito, foi claramente sentida por seu namorado.

Em seguida, Gao Shide virou o seu rosto para colocar seus lábios no ouvido do outro e de forma ambígua disse:

— Eu queria fazer isso com você durante o ensino médio.

Quando Gao Shide estava com dezessete anos, foi solicitado para ajudar temporariamente o Clube de Natação, mas acidentalmente abriu a cortina do chuveiro do vestiário e acabou vendo Zhou Shuyi pelado debaixo da coluna de água enquanto virava para ver quem era que estava abrindo a cortina.

— *Que que você tá fazendo aqui?*

Zhou Shuyi, de dezessete anos, que ainda não sabia que iria ser o namorado daquela pessoa que estava na sua frente no futuro, ainda era o "Zhou Shuyi" competitivo e que queria passar Gao Shide a qualquer custo para se tornar o primeiro em tudo. Por isso, a sua reação imediata foi de ódio.

— *Eu, eu...*

Gao Shide, de dezessete anos, havia acabado de confirmar que realmente gostava de Zhou Shuyi, mas era muito novo para pensar em um relacionamento futuro entre eles.

— *Que porra você tá fazendo?*

Então, Zhou Shuyi desligou o chuveiro e deu meia-volta impaciente para encarar a pessoa que havia interrompido o seu banho. O coração de Shide quase parou por completo, mas para Zhou Shuyi, aquele cara era apenas mais um "homem". Ele tinha tudo o que Gao Shide tinha e não tinha nada a esconder. Aquilo causou grande choque no coração de Shide, que estava encarando o rosto do garoto pelado, mas sua visão foi incontrolavelmente para baixo até chegar no local onde ele não deveria estar encarando... O pomo de Adão em seu pescoço subia e descia involuntariamente com o movimento de engolir saliva. O coração, responsável por bombear sangue, de repente parecia estar correndo 800 metros em uma pista, batendo violentamente no peito. Então, com a cabeça quente e as narinas úmidas, sangue começou a escorrer incontrolavelmente do lado esquerdo do nariz...

— *Vim trazer uma toalha pra você.*

Ele rapidamente enfiou a toalha limpa no peito da outra pessoa, independentemente de Zhou Shuyi ter pegado ou não, ele imediatamente virou a cabeça e escapou apressadamente do banheiro que de repente ficou muito quente.

— Ensino médio?

O sucessor do Grupo Chengyi e também selecionado como ex-aluno destaque para fazer um discurso na *alma mater*, Zhou Shuyi de trinta anos começou a rir zombando de seu namorado enquanto escutava ele contando sobre o que aconteceu durante o ensino médio.

— Seu pervertido! Você ficou fantasiando sobre um menor de idade.

— Desculpa, mas eu também era de menor de idade naquela época.

— É uma pena. Toda vez que você fala do passado, eu não consigo lembrar de quase nada dele — disse Zhou Shuyi torcendo o nariz.

Naquela época, ele ainda era um garotinho apaixonado por Jiang Yuxin. Além da frustração de perder para Gao Shide, o rapaz de dezessete anos não queria se lembrar de mais nada sobre essa pessoa.

— Não é uma pena, porque eu me lembro de todas aquelas coisas. Os dias que virão serão longos, e vou te contar tudo devagar, item por item. Acho que mesmo quando você se tornar um vovô, ainda não terei terminado de contar. — Gao Shide gentilmente acariciou a orelha de seu namorado enquanto encarava com ternura os seus olhos.

— *Pff*, OK, combinado. Não ouse soltar da minha mão até você me contar todas essas histórias — declarou Zhou Shuyi fechando a mão direita, deixando apenas o dedo mindinho para cima e deu um sorriso transbordando felicidade.

— Combinado — respondeu Gao Shide, curvando os lábios e entrelaçando seu mindinho com o dele.

Dentro da enfermaria, o ar estava coberto de amor e desejo ao mesmo tempo que a temperatura começou a subir. No canto da sala, o segundo manequim de esqueleto sentiu o amargor de seu predecessor e secretamente cobriu seus olhos para que não atrapalhasse o casal feliz. Depois que os dois saíram da enfermaria, ele secretamente dirigiu seus votos na direção da porta, oferecendo suas bênçãos em silêncio.

Fim.

Extra 2
Cenouras e burros

A flor de flamboaiã em plena floração, coincidindo com a temporada de formaturas em várias escolas, tornou-se um símbolo de crescimento e separação, com sua floração e o som da canção de despedida.

— Parabéns, você se formou.

Liu Bingwei, que originalmente sempre gostava de passar pela porta do Departamento de Finanças, passou o último ano da universidade frequentando o Departamento de Ciência da Computação, e até mesmo o buquê que ele preparou antecipadamente não foi entregue para Zhou Shuyi, a pessoa pela qual ele teve um crush por três anos. Shi Zheyu olhou para o buquê em sua mão e não pôde deixar de gritar:

— Porra, Liu Bingwei! Tá querendo causar?

— Hã? Eu não tô, não — defendeu-se Liu Bingwei que entregou as flores negando com a cabeça em pânico.

— Me fala, me dando um buquê de crisântemos no dia da graduação, você quer me trazer má sorte ou está me desejando a morte? — perguntou Shi Zheyu com um olhar de suspeita ao mesmo tempo que pressionava as flores contra o peito de Liu Bingwei.

— São claramente girassóis, quem disse que são crisântemos? — disse Liu Bingwei desolado.

Como é possível existir pessoas no mundo que confundem girassóis com crisântemos? Aquelas atitudes de Shi Zheyu acabaram destruindo toda a atmosfera que Liu Bingwei estava construindo para entregar as flores.

— Ah, é? Então tá, eu aceito. Obrigado! — disse Shi Zheyu pegando o buquê de flores de volta e com um tom malicioso continuou: — Parabéns pela nossa formatura, agora você não vai ficar me incomodando todos os dias!

— Ei, ei, ei, isso é muito cruel da sua parte! — Os olhos de Liu Bingwei mostraram um olhar de tristeza parecido ao de um cachorro de porte grande sendo maltratado. Por isso, Shi Zheyu não conseguiu resistir à vontade de acariciar a cabeça dele.

— Tá bom, tá bom, estou brincando com você. À noite vai ter uma festa na minha casa, estou indo agora.

— Espera, espera!

— O que foi agora?

— Você... Você realmente não sabe o significado disso? — perguntou Liu Bingwei pegando no braço de Shi Zheyu enquanto olhava para o buquê no peito do outro.

— Disto? — Shi Zheyu olhou para baixo em direção ao buquê de flores amarelas, continuou olhando e olhando, entortou a cabeça para o lado e falou: — Não são apenas crisântemos?

Liu Bingwei olhou para Shi Zheyu, que sempre estava alheio à situação, com uma expressão de querer chorar, extremamente magoado:

— São girassóis! Girassóis!

— *Pff*, hahaha, então o que eles significam?

— Você realmente não sabe? — perguntou Liu Bingwei novamente, não querendo desistir.

— Eu realmente não sei, mas você pode me contar.

— Nada, se você não sabe, esqueça — disse e suspirou. Ele não deveria ter expectativas em relação a alguém que não tem nenhum gene romântico.

— Se não vai dizer, não diga, estou indo embora. — Depois de dizer isso, Shi Zheyu se virou sem hesitação, ignorando o olhar abatido de um certo "cão grande" que quase chorava.

— Tá, cuidado no caminho.

Liu Bingwei acenou para as costas de Shi Zheyu. Em seguida, seus ombros baixaram de tristeza enquanto ficou se lamentando durante três minutos em silêncio, pois havia perdido sua chance de se confessar. No entanto, ele não sabia que a pessoa que virou as costas para ir embora estava olhando para o buquê enquanto andava, sorrindo em segredo.

— É claro que eu sei o que elas significam, idiota.

Na linguagem das flores, o significado da flor de girassol é sobre um amor silencioso, impossível de se colocar em palavras e leal. Portanto, Shi Zheyu deliberadamente errou a espécie das flores do buquê apenas para atrapalhar a declaração de Liu Bingwei.

— *Hunf!* Não vai ser tão fácil assim me perseguir — disse Shi Zheyu ao mesmo tempo que lembrava como fazer um burro correr mais rápido colocando uma cenoura em sua frente, pois enquanto ele não a comer, vai continuar correndo atrás dela. — Liu Bingwei, a pessoa que se apaixonar primeiro é a mais fácil de se machucar, então, eu nunca vou ser o primeiro a me apaixonar.

Com um grande sorriso estampado em seu rosto, Shi Zheyu parou na calçada para pedir um táxi e ao entrar no carro, foi direto para o restaurante reservado por seus pais.

***

Um ano e meio depois…

Logo após a colação de grau, todos deixaram o campus da faculdade para dar início às suas próprias vidas profissionais. Mas ainda que Liu Bingwei e Shi Zheyu conversassem por mensagem, as ocupações com estágios e provas fizeram com que não se encontrassem mais.

Até que, um ano e meio depois…

— Por que tá tão feliz, tia?

Assim que Shi Zheyu abriu a porta, viu a senhoria parada no corredor tomada de felicidade. A mulher que estava em seus cinquenta anos olhou para o homem jovem que estava trajando terno, preparado para sair a trabalho. No entanto, preocupada, perguntou:

— Zheyu, como tem sido no trabalho?

— Muito bem, obrigado pela preocupação, tia. — Assim que falou, Shi Zheyu olhou para uma porta do lado oposto de sua casa logo atrás da mulher e perguntou: — Esse apartamento já foi alugado?

— Exatamente! Ah, sim, eu esqueci de te contar que o novo inquilino é lindo assim como você e, também, um advogado.

— Advogado… — De repente, ele lembrou-se de uma certa pessoa com quem não tinha contato há mais de seis meses.

— Caso o novo inquilino tenha algum tipo de dúvida em relação ao apartamento ou ao prédio, por favor, me ajude a cuidar bem dele. Porque ele, assim como você, está dando tudo de si para conquistar as coisas sozinho, por isso os jovens precisam cuidar uns dos outros.

— Pode deixar. Tia, eu preciso ir trabalhar agora.

— Certo, tenha cuidado na rua.

Shi Zheyu assentiu com a cabeça se despedindo da mulher, assim fechando a porta de seu apartamento. Porém, dias depois, quando abriu a porta de entrada da sua residência, escutou o som de uma tranca abrindo gradualmente a porta de frente para a sua, e de lá um rosto familiar apareceu sorrindo para ele.

— Há quanto tempo, Zheyu.

— Você… — Atordoado ao ver o homem que não via há mais de um ano, seu coração disparou, deixando-o sem reação.

— Depois me dê mais conselhos sobre como morar aqui.

— Ah, uhum, claro.

— Vamos lá! Vamos juntos para o trabalho.

— Uhum, vamos.

Ainda chocado, teve sua mão firmemente segurada pelo outro, e lado a lado, deixaram o lugar alugado, dirigindo-se ao estacionamento próximo.

Dentro do apartamento que foi alugado recentemente, uma lousa branca estava pendurada na parede do quarto do inquilino. Nela estava desenhada uma linha que separava a lousa ao meio: do lado esquerdo se lia "gosto"; do lado direito, "não gosto". A única diferença de antes era que existia apenas a palavra "tudo" logo abaixo do "gosto". Ao mesmo tempo que abaixo do "não gosto" estava escrito "dias que fico sem falar com ele". Em cima da escrita em azul, havia um traçado em vermelho enorme, "Zheyu, nós finalmente nos encontramos".

Depois que saiu do trabalho, Liu Bingwei voltou para casa e ficou de frente para a lousa branca em seu quarto. Olhou para as palavras escritas em vermelho e fez um desejo. Desta vez, ele esperaria pacientemente, se dedicaria, até o dia em que o outro também se apaixonasse por ele. Até o dia em que Shi Zheyu… se apaixonasse por Liu Bingwei.

* * *

— *Tsc*…

Quando a pessoa deitada na cama tentou se levantar, suas costas e quadris, que foram maltratados à noite toda, protestaram com uma dor aguda. Shi Zheyu, com uma expressão frustrada, gritou em direção à porta aberta do quarto:

— Liu, Bing, wei! Precisa de mais alguma coisa?

— Estou indo, estou indo. — A pessoa que estava originalmente na varanda estendendo roupas correu imediatamente para o quarto, exibindo um sorriso bobo ao olhar para a pessoa de costas nuas, e perguntou: — Quais são suas ordens, amor?

— Vai até o meu apartamento e traz meu terno de trabalho e uma cueca.

"Merda! Não deveria ter beijado aquele cara com tanta vontade depois do pedido de casamento, porque ele perdeu completamente o controle. Agora, no dia de trabalho, além de estar com dor nas costas, nas pernas e no traseiro, as roupas que preciso ainda estão na minha casa. Só me resta mandar aquele cara pegar as coisas na porta ao lado", pensou Shi Zheyu.

— OK, eu já volto.

— Espera, espera.

— O que mais você quer que eu pegue?

— Vem aqui — chamou Shi Zheyu. Ele se levantou e acenou com o dedo para o homem que havia pedido sua mão em casamento na noite anterior. O outro prontamente se ajoelhou ao lado da cama e aproximou o rosto.

SMACK!

— ... — Os olhos de Liu Bingwei se arregalaram, pensando que seu amante tinha outras instruções, mas foi surpreendido com um beijo nos lábios.

— Pronto, agora vá pegar minhas roupas e traga a pasta também.

— Às ordens.

O homem, após receber o beijo de bom dia, sorriu bobamente, levantou-se, dirigiu-se à porta, abriu-a e foi até o apartamento do outro lado, usando a chave para abrir a porta. Enquanto isso, Shi Zheyu apoiou-se para levantar da cama e andou em direção ao banheiro para tirar os vestígios da paixão entre os dois da noite passada. Agora com a toalha enrolada em sua cintura, ele voltou para o quarto, olhou para a lousa branca perto da escrivaninha e deu um sorriso... Liu Bingwei o contou que aquela lousa originalmente servia para registrar anotações de estudo e tarefas, mas, ao perceber seus sentimentos, a lousa foi dividida em duas partes através de uma linha preta traçada logo no meio dela. À esquerda, estava escrito "gosto"; à direita, "não gosto".

Antes, sob "não gosto", escrito com marcador azul, estavam: "Chorar", "Pessoas que são chatas para comer" e "Olhar triste de quando vê Shide". Liu Bingwei não gostava de ver Shi Zheyu chorar, não gostava que ele fosse fresco com as comidas e não gostava de seus olhos tristes quando via Gao Shide. O lado escrito "gosto" possuía as palavras: "Simplicidade" e "Sorriso". Assim, Liu Bingwei jurou a si mesmo na época:

— *No futuro, farei com que seu sorriso seja cada vez mais frequente, até você superar completamente a desilusão amorosa.*

Mais tarde, o conteúdo na lousa branca mudou. Sob a palavra "gosto" havia apenas a palavra "Tudo". Enquanto no lado direito estava escrito uma frase debaixo do "não gosto": "Dias que fico sem falar com ele". E, sobre a caligrafia azul, foi traçada uma grande linha com uma caneta vermelha, e então fez um pedido: "Eu vou esperar pacientemente e trabalhar duro para que um dia Shi Zheyu se apaixone por Liu Bingwei."

Shi Zheyu sorriu olhando para aquela lousa, então pegou o apagador que estava ao lado e apagou as palavras uma por uma. Com a mão que usava o anel de noivado, pegou o marcador preto e escreveu no espaço vazio: "Idiota, você vai ser para sempre o meu burrinho!"

— Sr. Liu? O que você está fazendo aqui?

De repente, uma voz surpresa veio na direção do corredor. Shi Zheyu largou o marcador e foi até a porta. Assim que abriu a porta de aço inoxidável, viu a senhoria parada na entrada de sua casa, apontando para Liu Bingwei, que estava abrindo a porta.

— Tia, você tá me procurando?

A mulher virou apenas a cabeça na direção do jovem que deveria estar no outro apartamento que Liu Bingwei estava em frente à porta.

— Vocês… como…? — disse a senhora virando a cabeça para olhar Liu Bingwei e depois Shi Zheyu, tentando entender o que as duas pessoas estavam fazendo nos apartamentos trocados. Não só isso, tentando entender por que o Sr. Liu havia pegado o terno e a maleta da casa do Sr. Shi.

— Isso, isso, isso é uma invasão domiciliar?

"Impossível, o Sr. Liu é um advogado, ele não poderia fazer algo que violasse a lei tendo próprio conhecimento dela", pensou a esposa do proprietário.

— Eu bebi demais ontem e entrei no quarto errado, então passei a noite na casa do Bingwei. Pedi para ele pegar minhas coisas na minha casa, por isso a confusão — explicou Shi Zheyu, envergonhado.

— Então foi isso! — Depois de ter escutado a explicação, a mulher sorriu aliviada. — Fico feliz em ver que vocês se dão tão bem. Jovens que moram sozinhos devem criar laços e cuidar uns dos outros.

— Tia, por que você estava me procurando?

— Quase me esqueci do assunto principal enquanto conversávamos. É sobre a minha netinha. Ela disse que configurou um sistema de pagamento online para que os inquilinos possam pagar o aluguel de forma mais conveniente. — Ao mesmo tempo que a mulher falava, foi tirando folhas A4 de sua bolsa e entregou para Shi Zheyu que estava na porta do apartamento de Liu Bingwei e para Liu Bingwei que estava na frente da porta do apartamento de Shi Zheyu.

— Obrigado, tia.

— De nada. Agora vou parar de incomodar vocês.

Assim que a senhora foi embora, os dois homens que estavam em pé naquele corredor se olharam e começaram a rir.

— Para de ficar só rindo e me dê logo essas roupas.

— Ah, sim!

Liu Bingwei rapidamente levou as roupas e a pasta para o outro lado e, aproveitando um momento de distração do seu amado, deu-lhe um beijo rápido na bochecha. Shi Zheyu estreitou os olhos e olhou irritado para seu burrinho atrevido, puxando-o pelo pescoço e retribuindo o beijo com força.

Aquelas portas que estavam de frente uma para a outra eram como um relacionamento entre duas pessoas. Apesar de ter tido um momento em que eles não se gostavam, pouco a pouco abriram seus corações para que o outro pudesse entrar, assim eles se tornaram o suporte que cada um precisava. O burrinho, de bom grado, perseguia a cenoura. E a cenoura, por sua vez, só permitia ser perseguida pelo burrinho que escolheu.

Assim, na perseguição, o burrinho e a cenoura nunca mais se separaram. O burrinho finalmente conseguiu a cenoura que tanto desejava. E a cenoura também domesticou o burrinho que amava.

Fim.

Extra 3
Desta vez, sou eu que vou procurar você

Deitado nu na cama, a pessoa franziu a testa ao observar o espaço desconhecido ao redor. Antes que seu cérebro turvo pudesse entender onde exatamente estava, o aroma de comida vindo da porta do quarto já dominava seus pensamentos. Ele cheirou na direção do aroma flutuante, enrolou-se no edredom e saiu da cama de casal, caminhando em direção à cozinha onde se ouvia o som de espátulas mexendo na frigideira. Um homem de porte invejável por até mesmo pessoas do mesmo gênero estava cozinhando sem camisa, tornando possível enxergar vários arranhões por todas as suas costas graciosas enquanto estava na frente do fogão. Yu Zhenxuan caminhou silenciosamente até as costas daquele homem, estendeu a mão e tocou levemente com as pontas dos dedos as cicatrizes já secas de sangue, então recuou e bateu com força na própria cabeça.

— Pare com isso!

O tom frio continha os prenúncios de uma raiva iminente. O indivíduo que estava atrás deu um pulo, parou de bater na própria cabeça, abaixou as mãos obedientemente ao lado do corpo e pediu desculpas.

— Desculpa…

— Senta lá que o café da manhã tá quase pronto — disse Pei Shouyi levantando um dos dedos e apontando na direção do limiar da janela.

— OK.

Yu Zhenxuan se dirigiu à mesa ao lado da janela como um cachorrinho obediente, mas em vez de sentar-se na cadeira, encolheu-se no canto entre a cadeira e a parede, envolto no edredom. Silencioso, sem causar alvoroço, observou o outro trazer o café da manhã pronto da cozinha para a mesa.

— Coma.

— Não precisa, estou bem.

— Você que sabe.

O homem puxou a cadeira, sentou-se à mesa e começou a comer seu sanduíche quente e salada. O outro continuou na mesma posição, observando cada expressão e movimento de Pei Shouyi com seus grandes olhos. Um pouco depois, Shouyi terminou seu próprio café da manhã sem se importar se o outro comia ou não, pegou o prato e se levantou para voltar à cozinha. O som dos pés da cadeira raspando no chão quando se levantou fez Yu Zhenxuan pular, e ele imediatamente se levantou do canto, seguindo Pei Shouyi. Onde Shouyi ia, ele ia atrás: quando Shouyi foi para a cozinha com o prato, ele foi junto; quando foi lavar o rosto no banheiro, ele esperou do lado de fora da porta; quando foi para a varanda pegar a roupa pendurada lá fora, ele também…

— Você não acha que já chega? — Pei Shouyi franziu o cenho, estendeu a mão e agarrou o edredom em volta do corpo do rapaz, dizendo: — Eu não te trouxe de volta pra ficar correndo atrás de mim como um cachorrinho.

— Mas... tenho medo que você vá embora... — Antes que ele pudesse terminar de dizer essas palavras com voz trêmula, mudou imediatamente sua expressão tensa para um sorriso radiante, levantou os cantos da boca como se nada tivesse acontecido e disse: — Mesmo que você desapareça, não tem problema. Eu vou continuar procurando por você. Afinal, ainda sou jovem. Mesmo que tenha que te procurar de novo, daqui a doze anos, ainda terei quarenta e um, ainda terei energia para te amar.

As palavras infantis e ilógicas deixaram Pei Shouyi um pouco irritado, mas sentiu principalmente compaixão. Então, ele segurou o edredom, puxou o rapaz para mais perto de si, abaixou a cabeça e olhou nos olhos dele, repetindo a promessa que fez para Yu Zhenxuan naquela noite após o pedido de casamento de Liu Bingwei e Shi Zheyu, quando as pessoas começaram a se dispersar.

— Eu disse que desta vez, serei eu quem vai te procurar.

— Você... vai me procurar... — murmurou Yu Zhenxuan enquanto olhava para o rosto do homem à sua frente.

— Já que agora temos esse tipo de relação, você não precisa fazer nada. Não precisa se esconder no canto para observar se estou feliz ou bravo, não precisa forçar um sorriso para me agradar e, mais importante, não precisa temer que eu vá te abandonar — disse Pei Shouyi com uma rara expressão constrangida.

A culpa era toda de Gao Shide. Em uma noite, não só ele gentilmente embebedou Yu Zhenxuan, como também cuidadosamente o levou até a porta de Pei Shouyi. E depois, ao saber que o primo tinha ficado com Yu Zhenxuan, ele diligentemente o lembrou de que, já que tinham se envolvido enquanto bêbados, ele tinha que assumir a responsabilidade por completo. Desde então, toda vez que Pei Shouyi via o rosto de Gao Shide, ele não conseguia evitar lhe dar um tapa na cabeça.

— Sério?

Um garoto que nunca havia sido agraciado pela felicidade achava esse sentimento repentino tão estranho que o assustava. Tinha medo de que tudo que finalmente tinha conseguido fosse apenas mais um dos muitos sonhos que ele tinha e que, ao acordar, desapareceria.

— Então qual é a nossa... relação de agora?

— Sua bunda tá doendo? — perguntou Pei Shouyi de maneira maliciosa ao olhar para Yu Zhenxuan que obviamente tinha vinte e nove anos, mas ainda vivia como uma criança.

— Dói! — Yu Zhenxuan assentiu com a cabeça enquanto franzia seu rosto.

Na noite anterior, ele foi abraçado apertado por esse homem, beijado e depois... As imagens da noite passada passaram por sua mente. A síndrome de Asperger lhe trazia dificuldades sociais, interesses restritos, problemas de concentração e controle emocional, mas isso não significava que, quase aos trinta anos, ele não soubesse o que tinha acontecido no dia anterior. Embora, além de Pei Shouyi, ele nunca tivesse desenvolvido esse tipo de relação com ninguém.

— Ficou com vergonha? — questionou Pei Shouyi, abaixando a cabeça, enquanto observava as orelhas do rapaz ficarem rapidamente vermelhas.

— Uhum... — Yu Zhenxuan assentiu levemente, com o rosto corado e mordendo os lábios.

Mas Pei Shouyi interrompeu, colocando os dedos entre os dentes dele, impedindo-o de machucar a própria boca.

— Você se lembra do que eu te ensinei? — perguntou a voz atraente, próxima ao ouvido quente de Yu Zhenxuan.

— Não bater nas pessoas, não falar palavrões, não perder a paciência e não se machucar — respondeu o aluno obediente, levantando a cabeça para olhar para a pessoa que mais gostava e admirava, como se estivesse respondendo a uma pergunta do professor na sala de aula.

Pei Shouyi tirou o dedo de entre os dentes de Yu Zhenxuan e, carinhosamente, tocou os lábios do garoto com a ponta do dedo, avisando:

— Se morder os lábios até sangrar, também estará se machucando. Então lembre-se, não faça mais isso.

— Vou lembrar — respondeu Yu Zhenxuan trazendo sua mão direita que estava debaixo do cobertor, apontando para a sua têmpora direita. Uma ação para demonstrar que ele nunca mais iria se esquecer daquilo.

Durante a época em que o ajudava com aulas de tutoria depois da escola, descobriu que aquela criança era extremamente talentosa para programação. Pei Shouyi não só providenciou livros para ele aprender linguagens de programação por conta própria, como também o ajudou a melhorar o inglês, permitindo que ele acompanhasse cursos online de universidades estrangeiras renomadas sem depender de traduções.

Mais tarde, Yu Zhenxuan conseguiu uma bolsa para cursar programação e terminou a faculdade na metade de sua duração, apenas porque alguém comentou que ele conseguiria um emprego estável com o seu diploma como desenvolvedor de programas. Depois disso, atingiu sucesso juntando-se à Huaqing Tecnologia e, com seu talento, foi promovido a líder de equipe técnica em menos de oito meses. Pela primeira vez, todos elogiaram suas habilidades. Pela primeira vez, as pessoas ao seu redor não zombaram de seu comportamento peculiar. E ele, de fato, tornou-se o que Pei Shouyi disse que seria: alguém com um emprego estável e uma renda estável no campo da segurança da informação, capaz de viver sozinho.

Pei Shouyi olhou para o rosto do garoto, segurou a mão direita que estava fora do cobertor e disse seriamente:

— Yu Zhenxuan, quando você tá feliz, eu não consigo entender a sua alegria. Quando você tá triste, não sinto absolutamente nada, e quando você tá sozinho, eu não percebo... — Pausou por alguns instantes antes que continuasse a falar: — Mesmo assim, você ainda quer viver comigo?

— Quero! — O garoto levantou a cabeça e olhou para o homem alto, respondendo com entusiasmo.

— Mas eu... não consigo compartilhar das suas alegrias e tristezas.

— Você não precisa compartilhar minhas alegrias e tristezas. Quando eu estiver feliz, vou lhe dizer que estou feliz; quando estiver triste, vou lhe dizer que estou triste; e, quando me sentir solitário, vou até você e abraçá-lo, assim não me sentirei sozinho. — Yu Zhenxuan, com os olhos marejados, sorriu amplamente e, então, abriu o cobertor que estava enrolado ao seu redor, envolvendo a si mesmo e a Pei Shouyi com força. — Você não precisa fazer nada, porque você já me deu muito, muito mesmo. Só de estar ao seu lado, não preciso de mais nada. Você disse que não somos um círculo imperfeito encontrando um pedaço perdido, mas dois círculos quebrados, destinados a rolar sozinhos. Pei Shouyi, eu digo que não é isso. Nós não somos imperfeitos, nem círculos. Você e eu somos cores complementares, e quando nos juntamos, nos neutralizamos. E essa neutralização não é cinza, branco ou preto, mas sim a cor mais quente e mais feliz.

— ... — Pei Shouyi sorriu ao olhar para o sorriso de Yu Zhenxuan.

No passado, o homem trabalhou duro para aprender as emoções sentidas pelas outras pessoas, escondendo seu transtorno emocional, imitando as reações que as pessoas "normais" deveriam ter. Porém, agora existia uma pessoa que dizia que Pei Shouyi não precisava decifrar as emoções dele, afinal, o próprio Zhenxuan diria o que estava sentindo.

"Você não precisa vir até a mim, porque vou tomar a iniciativa de ir até você. Você não precisa se esforçar para esconder seu transtorno emocional, porque eu não sou muito melhor que você. Dependência emocional, síndrome de Asperger, transtorno de personalidade paranoica, depressão leve com tendências autoflagelísticas, sou ainda mais problemático que você!", pensou Yu Zhenxuan.

— Você não comeu nada até agora. Tá com fome? — Pei Shouyi se inclinou para dar um beijo na testa de Yu Zhenxuan.

— Não tô com fome.

— Tem certeza de que não quer comer alguma coisa antes? Porque, se você não comer agora, só vai comer no jantar.

— Por q-… — As últimas letras desapareceram nos lábios de Pei Shouyi.

Ele então levantou Yu Zhenxuan, ainda enrolado no cobertor, e o carregou de volta para o quarto de onde havia acabado de sair. Fechou a porta com a ponta do pé e caminhou até a cama de casal desarrumada, colocando o envergonhado jovem nela. Depois, puxou o cobertor que envolvia Yu Zhenxuan, revelando a pele clara e as marcas de chupões nas partes sensíveis de seu corpo. Pei Shouyi começou a beijar os lábios macios de Yu Zhenxuan enquanto o cobria com o peso de seu corpo. Mais uma vez, ele fez com que o pequeno e inseguro vira-lata, que havia encontrado por acaso doze anos atrás, emitisse sons adoráveis e agradáveis.

Fim.

Caderno de Fotografias

ALPHA

THE SPEED ISSUE
THE SPEED ISSUE

人犯戒護區

O CONTRA-ATAQUE DO NÚMERO 2

DIRETORES
Gilvan Mendes Fonseca da Silva Junior
Ana Paula Freire da Silva

ADMINISTRATIVO
Cibele Perella & Monaliza Souza

EDITOR
Junior Fonseca

TRADUÇÃO
Nathalia Viana e Yasmin de Azevedo

DIAGRAMAÇÃO
Carlos Renato

REVISÃO
Débora Tasso

NewPOP Editora
São Paulo/SP
www.newpop.com.br
contato@newpop.com.br